U0728131

宫本武藏

MIYAMOTO MUSASHI

二天之卷

〔日〕吉川英治 著

王维幸 译

南海出版公司

新经典文化股份有限公司
www.readinglife.com
出　品

目录

二天之卷

二天之卷

众口

一

早饭前做学问，白天察看藩中事务，间或入江户城值守，其间还时常习武，晚上则与年轻侍从们消遣，这便是忠利一天的生活。

"怎么样，近来可有什么趣闻？"

每当忠利如此问起的时候，尽管不允许乱了礼节，侍从们还是会变得随意。

"最近听说有这样一件事……"

于是，借着各种各样的话题，主从间的气氛便融洽起来，虽然礼节上不能乱，可彼此间就像围着家长的一个大家族，其乐融融。

由于主从有别，办理公务时，忠利也会板起面孔。但晚饭之后，他会换上一件单衣，与侍从们谈话家常。他想随意，也想让其他人放松一下。而且忠利自身也与年轻的侍从有很多近似之处，所以他也喜欢与他们促膝长谈，倾听他们的心声。不只是为了满足好奇心，这在了解世事方面也很有裨益，胜似早晨读经典。

"冈谷，听说你的枪进步不少啊。"

"是长进了。"

"哪有你这么自夸的。"

"别人都说我进步了，唯独我自己还在谦虚，这岂不成撒谎了？"

"哈哈哈，你还真自信啊。好，有空露两手给我看看，看你到底有多少长进。"

"我真希望合战的那一天早点到来，可天不遂人愿啊。"

"不打仗岂不更好？"

"最近流行一首歌谣，不知少主听没听说？"

"什么歌谣？"

"枪手枪手满天下，冈谷五郎次是第一。"

"瞎说。"忠利笑道。大家也都笑了。"那不是'名古谷山三第一枪'的歌吗？"

"啊，您知道啊？"

"这么点小事我怎会不知。"忠利本想再透露一点自己对下情的熟知，可他还是打住，转而问道，"你们这儿平常练枪的多，还是练太刀的多？"

当时正好有七个侍从，答曰枪的有五人，答曰太刀的则只有两人。于是忠利又问那五人："为什么要学枪呢？"

"在战场上，枪比太刀好使啊。"他们一致回答道。

"那么，练刀的呢？"忠利再问。

"无论在战场上还是在平时都很好使。"自称练习太刀的两人回答道。

二

究竟是枪好用，还是太刀好用，这永远是人们争论的话题。

支持枪者的理由是："在战场上，平时练习的小招数往往不管用。说到武器，只要身体掌控得住，那自然是越长越好。尤其是枪有三益：可突，可打，可拉。即使在战斗中折损，也还能当太刀用。而太刀一旦折断或卷了刃就完了。"

支持太刀者则认为："不，我们并不认为只有战场才是武士施展本领的场所。行住坐卧，武士一直都把太刀当作灵魂佩带在身上，练习太刀便是在研磨灵魂。纵然在战场上有些许不利，练武还是应当以太刀为主。只要掌握了武道的奥妙，从太刀中得到的修为便可一通百通，拿枪则通枪，拿火枪则通火枪，绝不会有生疏之感。正所谓一艺通万法。"

这种争论似乎永无结论。

忠利虽然并不偏袒其中任何一方，可他还是对力主太刀好处多的一个名叫松下舞之允的年轻侍从说道："舞之允，你刚才所说似乎不像是你的口吻啊，是照搬别人的吧？"

舞之允坚持道："不，这是在下一贯的论调。"

"没用，你骗不了我。"

发现被忠利看破，舞之允这才乖乖地招了实话："其实，这些话是属下从佐佐木小次郎那里听来的。有一次，小的应邀去岩间角兵卫先生在伊皿子坂的宅邸，正巧也发生了同样的争论，当时一个叫佐佐木小次郎的食客就是这么说的。由于跟我平常的主张完全一致，我就将其当成自己的想法说了出来，并无欺瞒之意。"

"我说是吧。"忠利苦笑一下，忽然想起一件藩务来，那便是是否招用岩间角兵卫推荐过的佐佐木小次郎一事。当时只是听了听而已，并未决定，结果作为问题遗留至今。

尽管推荐者角兵卫说，由于对方还年轻，只须给二百石即可，可问题并不在于俸禄多少。养一名武士是何等重大之事，尤其在招募新人的时候则更须谨慎，父亲细川三斋就曾屡次告诫过他。首先是人，其次是和。再怎么是人才，也要考虑那些构筑起细川家今日之况的谱代家臣。

若将一个藩比作一面石墙，纵然是再大再好的石头，倘若无法与已叠加在一起的石头结合，那它也派不上用场。与他者不协调的石头，即使再难得，也无法将其作为藩墙的一石。天下有多少伟材名石，就因为无法与他者相容而埋没荒野。

尤其是关原合战后理应有很多这种石头，可是，大小合适、哪儿的石墙都能嵌进去的石头太多了，让大名们都挑花了眼，不是嫌这个棱角太尖，便是嫌那个无法与他者协调，怎么也找不到一块满意的砌到自己的墙上。

从这一点来说，小次郎又年轻又优秀，完全具备为细川家所用的资格。况且他现在还没有成为石头，还是一块年轻的半成品。

三

一想起佐佐木小次郎，细川忠利自然同时又想起宫本武藏。

有关武藏的事情，起初他是从老臣长冈佐渡那里听说的。就像今晚的夜谈一样，有一次，在主仆同乐之时，佐渡忽然说道："最近，老臣发现了一名奇特的武士。"接着便讲起武藏在那法典原垦荒的事来。但后来，他从法典原空手而归。"真可惜，后来就去向不明了。"他叹息着向忠利复命。

可是，忠利并未死心，还说务必要见那武藏一面，于是命道："只要多加留意，总会打听到他的下落。佐渡，你继续留意就是。"

就这样，不知不觉间，忠利便在心里比较起佐佐木小次郎和武藏来。据佐渡所讲，武藏不仅武艺精湛，即使在山野的村落里，他也会教民众开荒，启发他们的自治意识，可谓既有经略，又有人望。

而据岩间角兵卫所说，佐佐木小次郎乃名门之子，深谙剑道，精通兵法，年纪虽轻却自称已创立岩流一派，看来也绝非那种粗犷的草莽英雄。尤其是除了角兵卫，其他人最近也屡屡在江户听到小次郎的刀名。据说他曾在隅田河滩轻松斩杀小幡的四名门下，恬然而归，在神田川也一样。街头巷尾都在谈论，连那复仇的北条新藏也反被他击杀。

与此相比，武藏之名却鲜有所闻。只是据说在数年前，武藏曾在京都的一乘寺单挑吉冈一门的几十名弟子并获胜，一时名噪天下。可不久后便立刻有人出来反驳说："那传言殊属可疑。武藏擅长沽名钓誉，花拳绣腿，一旦遇到动真格的时候，便一溜烟逃到叡山上了，这才是真相。"而且他一有好名声，就立刻有人出来反驳，于是不久后，他的刀名便被抹消了。

总之，武藏出名时，总会有恶言随之而来，甚至连武者中究竟有无他这一号人物都成了悬念。而且身为出生在美作国山坳里的无名乡士之子，谁都对他不屑。尽管尾张的中村里出了一个天下伟人秀吉，可重视出身、炫耀血统的世风仍未有些许改变。

"对……"忠利似乎忽然想起什么，手在膝盖上一拍，然后环顾着年轻的侍从们，向他们询问起武藏的事来，"你们有没有人认识一个叫武藏的年轻人？有没有听说过他的传闻？"

"武藏？"众人立刻面面相觑，"最近武藏的名字已遍布大街小巷，所以谁都知道。"年轻的侍从们全都是一副很了解的口吻。

四

"哦？武藏的名字大街小巷都知道了，何出此言？"忠利惊奇地问道。

"被人写到告示牌上了呗。"

一个年轻人刚说了这么一句，另一个姓森的随之说道："好多人都在抄写告示牌的内容呢，我也觉得好玩，便在怀纸上抄了一份。我现在就念给主公听吧。"

"唔，念来听听。"

"那属下就念了。"于是，森展开怀纸念道："告看见我们后屁滚尿流撒腿就跑的宫本武藏。"

大家顿时扑哧一声全笑了出来。

忠利则板着面孔。"就这些吗？"

"不。"森继续念道，"本位田家的老婆婆也正找你寻仇，我们兄弟也不会放过你。若不出来，你就不配做武士。"随后又解释道，"听说这是半瓦弥次兵卫的手下写的，在各处都立了告示牌。文字粗俗，真不愧是出自无赖汉之手，街上的人都觉得好玩。"

忠利的表情有些痛苦。这与自己心目中的武藏也相差太远了。他觉得不但武藏受到了唾弃，甚至连自己的愚昧也受到了他们的嘲讽。"唔……那武藏原来竟是这般人物？"忠利仍不放弃最后一抹希望问道。

结果众人异口同声地答道："似乎是个无聊之辈啊。不，更重要的是，看来此人完全是一个懦夫，即使遭到市侩的如此羞辱都不敢露面。"

不久，自鸣钟响了起来，年轻侍从们全都退了下去。

忠利就寝后，仍在考虑这件事。但他的想法并不与众人一致，他反倒觉得武藏"真是个有意思的人"，甚至还站在武藏的立场上前思后想起来。

次日早晨，忠利依例在读经的书房听完早课，然后来到走廊，看到长冈佐渡在院子里，便喊了起来："佐渡，佐渡！"

老人回过头来，从庭前殷勤地行晨礼。

"你之后又留心过没有？"

由于忠利的问话太过突然，竟弄得佐渡一下子丈二和尚摸不着头脑。

"就是武藏那事儿。"忠利又补充了一句。

"是。"佐渡这才低下头来应答。

"总之，发现他之后立刻给我领来。我想见见他。"

而在同一日，稍稍过午时分，忠利又照例来到靶场时，早已在靶场休息间等他的岩间角兵卫再次有意无意地向他推荐起小次郎来。

忠利握着弓，点点头，说道："我都差点忘了。唔，什么时候都行，有空你就领那佐佐木小次郎来趟靶场吧。至于用还是不用，等见了后再定。"

如雨虫鸣

一

这里是伊皿子坂的中部，岩间角兵卫的朱门私宅便坐落在这里。小次郎的住处就在这宅院之中，是一栋独立的房屋。

"您在吗？"这时，有位访客问道。

小次郎正坐在屋里，静静地望着爱刀晾衣杆。这把刀原本是要研磨的，由于厨子野耕介经常出入细川家，他便托此处的主人角兵卫将其交给了耕介，要其研磨。可是自从出了上次那件事，他与耕介家的龃龉越发严重，于是在岩间角兵卫的催促下，这把刀今早便被从耕介家送还回来。

当然并未研磨——小次郎本以为是这样，可是当他坐在房间中拔出来一看，发现根本不是如此。

自己的眼前竟忽然现出一道百年清泉，如湖水般深沉苍翠的刀身上反射着璀璨的白光。原先那黑痣般的锈斑不见了，埋没在血污中的花纹也如朦胧月夜般动人地呈现出来。

"简直就像是换了一把刀。"小次郎百看不厌。

由于这房屋就坐落在月岬高台上，所以坐在屋里望去，从芝的海滨到品川的大海一览无余，就连从上总的海上涌起的云峰都近在咫尺。此刻，云峰的影子和品川的海色也全都融入了刀光中。

"在家吗？小次郎先生在家吗？"门外的声音停了一会儿，又忽然从柴门处传来。

"哪一位？"小次郎将刀收入刀鞘，答道，"小次郎在家，有事请从柴门绕走廊进来。"

外面的访客立刻便应道："啊，在啊。"说话间，阿杉与一名无赖汉的身影出现在廊前。

"我当是谁呢，这不是老婆婆嘛。哪阵风把您吹来了，这大热天的。"

"招呼就待会儿再打吧。先给我点水洗洗脚吧。"

"那儿有一口井。但这儿是高地，井很深呢。喂，汉子，好好照看着，可别让老婆婆掉下去了。"

小次郎喊的那"汉子"，便是从半瓦家一路把阿杉领到这里的半瓦的手下。

阿杉在井旁擦擦汗，洗洗脚，这才进屋与小次郎打招呼，然后对着穿堂的凉风眯起了眼睛。"真凉快的房子啊，闲居在这么舒服的地方，连您都要变懒了吧？"她说道。

小次郎微微一笑，道："我可跟您的儿子又八不一样。"

阿杉眨了眨落寞的眼睛，又说道："是啊。我也没什么礼物，这是老身抄的经书，就送一部给您吧，闲来也可读一读。"说着便递上一本《父母恩重经》。

小次郎早就听说过阿杉的誓愿，原来竟是这般东西，所以只是打量了一眼。"对了对了，汉子。"他问身后的无赖汉，"上次我给你们写的告示，你们有没有立出去？"

二

无赖汉上前一步，说道："就是那个要武藏出来，他不出来就不配做武士……的告示？"

小次郎使劲点点头，说道："没错。你们有没有分别立在各个街口？"

"我们只花了两天就把那些显眼的地方差不多都插遍了，师父您没看到？"

"我就不必看了。"

阿杉一听，也从一旁插进话来，说道："今天我们来这儿的路上还看到那告示牌了呢，旁边围了好多人，都在七嘴八舌地议论。我在一边听着，心里别提有多痛快啦。"

"若是看到了这告示还不出来，武藏的武士名分也就等于废了，将会沦为天下笑柄。这样老婆婆也可以雪恨了吧。"

"什么啊。就算别人再怎么嘲笑，那种不知羞耻的厚脸皮也会不痛不痒。若只是这样，我老婆子既不会解恨，也不会挽回一丝脸面。"

"呵呵……"小次郎看她如此执着，喜笑颜开，"不愧是老婆婆，年龄再大也矢志不渝，令人敬佩啊。"他不失时机地鼓动道，接着问道，"对了，今天来此所为何事？"

阿杉于是郑重相告：也不为别的，只因寄身在半瓦家已两年有余，老给人家添麻烦也过意不去，而且自己也厌倦了照顾这些粗野男人。正好铠渡口附近有间出租房屋空了出来，就想搬到那里去，倒不是想另立门户，只是想一个人住。"您觉得怎样？"她带着商量的语气，继续说道，"看样子武藏一时半会儿也不会出来，儿子又八虽在江户，却不知下落……于是我就想跟老家那边要点钱，先在那儿住一阵子。"她与小次郎合计道。

小次郎原本就没有异议，觉得这样也好。其实他也只是由着性子，对半瓦的人半消遣半利用而已，而最近，他也对与这些无赖汉的交往感到了些许厌倦。考虑到自己将来还要事主，就更不能与这些人深交了。最近，就连武艺的教授他都几乎不去了。

于是，小次郎便叫来岩间家的仆从，让其从后面的田里摘来西瓜招待了阿杉和无赖汉，又说道："武藏那边有什么动静，立刻派人向我报告。我最近也忙得脱不开身，就先不去半瓦那边了。"

就这样，天还没黑，他就把二人打发回去了。

阿杉回去后，小次郎简单打扫了一下屋里，又往院子里洒了些井水。山芋和牵牛花的藤蔓从篱笆一直缠绕到洗手盆下，一朵朵白花在晚风中摇曳。

"今天角兵卫先生又值夜吧。"

小次郎躺在屋子里，望着萦绕着主屋的蚊香冒出的熏烟。这里并不需要灯火，即使点上也很快会被风吹灭，况且不久后晚月就会离开海面，照到他的脸上来。

就在这时，一名年轻的武士从坡下的墓地打破篱笆，潜入到这伊皿子坂的山崖上。

三

岩间角兵卫每次都骑马赶赴藩邸，所以每次回到伊皿子坂，他总是把马拴在坂下。一看到他的身影，寺门前的花店老板便会出来替他看马。可今天傍晚，角兵卫瞅了瞅花店里面，也没看见老板的影子，便准备自己把马拴到后面的树上。

"哦，老爷。"这时，花店老板慌忙从寺后山上跑了过来，跟往常一样从角兵卫手里接过缰绳，"刚才有个形迹可疑的武士打破了墓地的栅栏，上到那连条道都没有的崖上了。我告诉他那儿没有近道，结果他瞪了我一眼，就不知消失到哪里去了……"老板自顾自地继续说道，"该不会是最近传说中经常擅闯大名府邸的盗贼吧？"他似乎仍不放心，不时抬头望望黑黢黢的树后。

角兵卫似乎没有在意。尽管传言说有怪盗不时潜入大名府邸，可细川家未曾遭遇过，更没有大名自曝其辱说遭遇过盗贼。于是他便笑道："哈哈，那只不过是传言而已。既是潜入寺后山上的盗贼，充其量也不过是些小毛贼或试刀杀人的武士罢了。"

"可这一带是东海道的出入口，一些逃亡他国的家伙经常会打劫过往路人，所以傍晚时一看到形迹可疑之人，一整晚都让人不得安生。"

"一旦有事，立刻跑来敲门就是。我家的一个食客正等着这样的机会，可是老碰不上，每天都在发着髀肉复生之叹呢。"

"您是说佐佐木先生吧？这一带人都夸他呢，模样那么潇洒，功夫还那么高强。"

听到有人夸赞小次郎，岩间角兵卫也有些飘飘然。他喜欢年轻人，尤其在现在的世风下，家里养一个有为的青年，也是身为武者的荣誉。

一旦有事需要用人，哪怕多带一个家臣到主君的马前效力也行，这样自然会深得主公赏识，并且将超群的人才推荐给主家，这既是家臣的义务，同时又会扶植自己的势力。作为当值的家臣，自私自利当然不好，可那种完全舍己为公的，即使像细川这样的大藩中，似乎也没有几人。

话虽如此，若说岩间角兵卫是一个不忠者，似乎也有失公允。他绝不比一个好武士差多少，只不过他并不是一个超凡的谱代武士。可在平常的事务中，反倒是这种人更方便更实用，往往会事半功倍。

"我回来了。"由于伊皿子坂很陡，每当他来到自家门前与家人打招呼的时候，总是有点气喘。由于妻子儿女都安置在了老家，家里自然只剩男佣女仆。不过，在角兵卫不值夜的日子里，每当角兵卫傍晚回来晚时，仆人们便会在朱门到玄关之间的路上洒上水，因而连竹叶上都沾着亮晶晶的水珠。

"老爷回来了。"看到他回来，仆人们连忙出来迎接。

"唔。"角兵卫应了一声，"佐佐木先生今天在家还是外出了？"他立刻问道。

四

"今天似乎一整天都在家，现在正躺在屋里凉快呢。"

"是吗。那好，赶紧备酒。准备好之后，把佐佐木先生给我叫过来。"说话间，角兵卫已进入浴室，立刻脱掉汗湿的衣服，在洗澡间换上便服。

"您回来了？"等他再来到书院时，小次郎早已一手摇着团扇，坐在那里等他了。

酒上来了。

"来，先敬您一杯。"角兵卫斟上酒，说道，"今天有件好事，所以就想尽快告诉您。"

"哦？好事？"

"就是上次推荐您的事。最近主公也听到了不少有关您的新闻，已经答应要我近日带您去见见了。哎呀，事情运作到这一步可真是不容易啊，毕竟整个藩中家臣们推荐的人也太多了。"

角兵卫满以为小次郎一定会欣喜异常，可是小次郎并未吱声，只是用嘴唇碰了碰酒杯杯沿，听完后只说了一句："回敬您一杯。"脸上毫无欣喜之情。

不过，角兵卫并不以为这是对方的不满，反倒更尊敬起来，说道："这样一来，我也终于没有辜负您所托，没有白费劲啊。今晚咱们就庆祝一下，多喝一些。"

小次郎这才稍稍点头致意，说道："多谢您关照。"

"不，能将您这样的人才推荐给主家，也是我的职责之一啊。"

"您实在是高抬在下了。在下原本就没有指望什么高官厚禄，只是觉得细川家有幽斋公、三斋公以及现在的当家人忠利公，是接连三代名主的望族。而且只有在藩中效劳才能实现武士的抱负，这才求您帮忙引荐。"

"不不，我绝无吹捧之意。现如今，佐佐木小次郎的名字在江户可是家喻户晓啊。"

"像我这样每天好吃懒做，怎么会如此出名呢？"小次郎自嘲地笑道，露出充满朝气的牙齿，"并非在下出色，或许是世上的冒牌货太多吧。"

"忠利公说随时都可以召见……那么，您什么时候去一趟藩邸？"

"在下也随时恭候。"

"那，明日可否？"

"可以。"小次郎一脸不卑不亢。

角兵卫见状，更为他的气度倾倒。但他忽然又想起忠利曾嘱咐的一句话来，便又说道："不过，主公说了，怎么也得见过一面之后方能定夺。话虽如此，这不过是走走过场而已，仕宦之事已经八九不离十，几乎已定。"为防万一，他先和小次郎打好招呼。

结果小次郎放下酒杯，注视了一会儿角兵卫。"算了。角兵卫先生，多谢您的好意。不过，这去细川家当差的事情还是以后再说吧。"他昂然说道，饮酒后，耳朵充血，变得通红。

五

"哎？为何？"角兵卫一下子惊呆了，满脸不解地望着小次郎。

"在下并不中意。"小次郎只是淡淡地说了一句，并未交代理由。

不过，小次郎突然变得不高兴，似乎是因为角兵卫刚才所打的招呼——怎么也得见过一面之后方能定夺——他一定是对这条件不满意了。

又不是离开细川家这棵大树，自己就吃不上饭了。无论走到哪里，三五百石还是不在话下的。一定是小次郎平日的自负被角兵卫毫无遮掩的说辞伤害了。小次郎本就是那种从不替人着想的性格，因此他也不管角兵卫是一脸为难，还是觉得他做事太随便，毫不在意，吃完饭后便立刻回了住处。

皎洁的月光映在没有灯光的榻榻米上。小次郎一上去，便仰面躺下，头枕着胳膊。"呵呵呵……"也不知想起了什么，他竟忽然独自笑了起来，喃喃道，"真是个老实人啊，这角兵卫。"

他早就摸透了角兵卫的脾气。听自己如此一说，角兵卫在他的主君面前肯定很为难，而且他再怎么急也肯定无法冲自己发火。

不求厚禄——这话是出自小次郎口中，可他浑身充满了欲望。他不光要得到厚禄，还想得到最大的名声和显赫的官位，否则自己为何如此辛苦修行呢？不就是为了出人头地，为了扬名，为了衣锦还乡，为了满足一个人所有的荣耀吗？要实现这一切，在当今时代，武道精湛才是捷径。而幸运的是，自己生来便对刀怀有天赋。他一直是带着这种想法，带着自尊心，圆滑处世，一步步走过来的。

他一进一退都是为了这个目的。在他的眼里，这里的主人岩间角兵卫虽然年长得多，心思却太幼稚了。他只能这么认为。

不知不觉间，小次郎竟抱着美梦睡着了。月光在榻榻米上移动了一尺多，他仍未醒。凉风不断地摇曳着窗外的山竹，可他从白天的暑热中获得解脱的肉体似乎连打都打不醒。

这时，一直躲在蚊虫群集的山崖后的人影露了出来。好！眼见时机已到，人影便像癞蛤蟆似的一直溜到没有灯光的房檐下。

六

好一个威风凛凛的武士。这不正是傍晚时一度引起坂下花店老板怀疑并消失在寺后山里的那个年轻武士吗？

只见这人悄悄爬过来，从廊前朝屋内窥探了一会儿。由于他避开月光蜷曲着，只要他不出声，就没人能察觉。

屋内隐约传来小次郎的鼾声。一时骤歇的虫鸣也从草露中再次回响起来。不久。人影倏地站起身，拔刀出鞘，噌的一下跳上走廊，瞄准小次郎躺着的身影。

"拿命来！"人影咬着牙根就是一刀，可几乎同时，一根黑棒却从小次郎的左手中呼地打了过来，狠狠打在其小臂上。

也不知人影在挥下的利刃上用了多少力气，虽然手臂被打中，那利刃仍砍透了榻榻米。可是，原本还躺在上面的小次郎，却像躲过水面一击的鱼儿早已悠然游至他处一样，唰的一下躲到墙边，转向人影站定。同时，他已将爱刀晾衣杆一分为二拿在手里，左手握着剑鞘，右手握着利刃。

"谁？"从小次郎的气息中也不难猜出，他早就预感到了这名刺客的偷袭。就连对滴落的露珠和虫鸣都丝毫不放松警惕的他背靠墙壁，气定神闲，毫不慌乱。

"是、是我！"与此相对，偷袭者的声音透着一股歇斯底里。

"光一个'我'字怎知你是谁？报上名来！趁人熟睡偷袭，卑鄙至极，不配做武士。"

"小幡景宪之子余五郎景政！"

"余五郎！"

"呸……亏你做得出来！"

"做得出来？你什么意思？"

"你竟然趁家父卧病在床，向世上散布小幡家的坏话。"

"等等。散布坏话的并非在下，而是世人向世间散布的。"

"挑衅门人决斗并痛下杀手的难道不是你？"

"是我小次郎无疑。可谁让他们实力不济，没有本事呢？在武道上，唯有这点让人无奈啊。"

"真是大言不惭！你还让一个叫什么半瓦的无赖帮忙……"

"那可就是后话了。"

"你说什么？"

"我没空跟你啰唆！"小次郎火起，往前迈出一步，"你爱怎么恨就怎么恨。为武道上的胜负而寻仇，你不光要被人耻笑为懦夫中的懦夫，而且连自己的一条小命也要搭上，这些你可都想清楚了？"

"……"

"看来你是下定决心了啊。"说着，小次郎又进一步，晾衣杆一尺多长的白刃已映在月光下。唰！忽然间，一道白光飞向余五郎，令余五郎头昏眼花。

　　刀是今天刚刚研磨好的。小次郎就像饥渴的肠胃遇见了美味，把对方的身影当成了猎物，盯得直了眼睛。

鹭

一

一方面求人帮着推荐，另一方面又对欲投靠的主公的话语不满，关键时刻还耍起性子。岩间角兵卫好不尴尬。我再也不管了，他想，并且自省起来：喜欢后生是好事，却不能连后生的错误思想都纵容。

不过，角兵卫十分喜欢小次郎其人，并坚信他不是寻常之辈。因而，虽然被夹在小次郎与主公之间的他当时愤愤不已，可数日过后，他又重新思考起来：倘是凡人，一听说要见主公，一定会欣然前往，可小次郎……或许这便是他的超凡之处吧。于是他又善意地自我开解，反倒认为年轻人有这种气概更为难得，愈发高看小次郎，还认为他完全有资格对主公说"不"。

时间到了四日之后。此前，他要么值夜，要么就是心情尚未恢复，也无法与小次郎见面，可这天一早，他却忽然来到小次郎的住处。

"小次郎先生，昨天我正要从藩邸回来时，忠利公又催起您的事来。主公说了，要在靶场见见您，去一趟如何？就当是让主公看一下家臣的弓法就是。"角兵卫试探道。

小次郎微微一笑，并未作答。

于是，角兵卫又道："若想入仕，无论哪里都要先让主公见一下，这是通例，所以您也不必认为这是一种耻辱。"

"可是，主家。"

"有话请讲。"

"倘若人家说不中意，拒绝了，那我小次郎岂不就变成了旧货？我小次郎还没有沦落到到处推销自己的地步。"

"那就是我传达得不好了。主公并非此意。"

"那么，您是如何回复忠利公的呢？"

"我还没正式回复。因此，主公那边还一直在期待。"

"哈哈哈，让您这恩人为难，在下实在过意不去啊。"

"今晚又是我值夜，主公或许又会问什么来，所以您就不要为难老夫了，怎么也得到藩邸露次面才是。"

"好吧。"小次郎卖弄人情般点点头，答道，"那在下就为您去一趟吧。"

角兵卫欣喜道："那么，今日就行？"

"好，今日就去。"

"正合我意。"

"时间呢？"

"虽说是随时都行，可主君午后才会去靶场，这样也不会拘束，可轻松拜访。"

"知道了。"

"一言为定。"角兵卫又叮嘱了一遍，这才先赶奔藩邸而去。

之后，小次郎便悠然地打扮起来。尽管嘴上常豪爽地说并不在意装扮，实际上他却颇爱打扮，尤其注重衣饰。他要人拿来身轻罗礼服和舶来衣料的裙裤，草履和斗笠也要了新的，又朝岩间家的仆人问道："有马吗？"

仆人告诉小次郎，角兵卫换乘的白马就寄存在坂下花店的小棚里。于是小次郎来到花店前，可今天老板也没在。他往远处一瞧，只见寺院旁边围了好多人，有花店的老板和僧侣们，还有附近的许多人，正在吵嚷着什么。

二

出什么事了？小次郎凑过去一看，只见地上躺着一具盖着草席的尸体。围在一旁的人们则正在商量埋葬事宜。

死者的身份不明，年纪很轻，还是一名武士。只见尸体从肩头被深深地劈了一刀，血迹早已干黑，身上没有任何物件。

"我看到过这个武士，是在四天前的傍晚看到的。"花店的老板说道。

"哦？"僧侣和附近的人都好奇地盯着他。

老板刚要开口接着再说，忽然有人拍了拍他的肩膀，便回过头。只听小次郎说道："我听说岩间大人的白马就寄放在你的小棚里，快给我牵出来。"

"啊，哎呀。"老板连忙行礼，说道，"您这是要外出啊。"说着便与小次郎急急忙忙朝家里赶去。

小次郎抚摩着从小棚中牵出来的月毛驹，说道："好马啊。我去也。"

老板仰望着飞身上马的小次郎的雄姿，不由得赞叹道："真是宝马配英雄啊。"

小次郎又从钱袋子里抓出若干钱，在马上说道："老板，就用这些给他供点香和花吧。"

"哎？给谁供？"

"刚才那死人。"说着，小次郎便从坂下的寺门前往高轮大道而去。

"呸！"小次郎不禁从马上吐了口唾沫。看到污秽后的那种不快的唾液仍残留在嘴里。他只觉得，四日前的月夜用刚磨好的晾衣杆斩杀的那人似乎正踢开身上的草席，从马后尾随而来。

他没道理怨恨我——他在心里为自己的作为做着辩解。

炎炎烈日下，他的白马一路疾驰而去。无论是商家、旅人还是行路的武士，都连忙为他让路，还不住地回头看。以他这马上的雄姿，就是到江户的大街上也会引人注目。这究竟是哪里的武士啊？人们纷纷驻足回望。

来到细川家的藩邸时，正好是约定的时间。小次郎交好马，刚来到府内，岩间角兵卫便立刻跑了出来。"您来得正好。"他仿佛是给自己办事似的慰劳道，"请稍稍擦擦汗，在休息间先等一下。我现在就去禀告主公。"说着，他立刻叫来麦茶、冷水和烟盆，将小次郎奉若上宾。

不久，便有另一名武士前来引路。当然，小次郎将引以为豪的晾衣杆交到家臣手里，只佩带着小刀随之而去。

细川忠利今天也照例在这里射箭。他说夏天每日要射百箭，已持续了好多天。一群近侍正围着忠利，有的跑来跑去拔箭，有的则在一旁侍奉，还有的屏气凝神地注视着忠利的一举一动。

"手巾，手巾。"忠利竖起弓。他已经射累了，汗水已流进眼中。

"主公。"角兵卫趁机跪到一旁，说道。

"什么事？"

"佐佐木小次郎正在等候拜谒，恭请主公赐教。"

"佐佐木？啊，这样啊。"忠利连理都未理，又搭上一支箭，接着拉开弓步，将握弓的左手举过眉梢。

三

不光是忠利，连家臣们也没有一个对候在一旁的小次郎看上一眼。不久，百射结束。

"水，水。"忠利长舒一口气，说道。家臣们立刻汲来井水，倒满大盆。

忠利于是光起膀子，又擦汗又洗脚。家臣们有的在一旁拿着衣袖，有的则打来新水换上，丝毫不敢怠慢。尽管如此，忠利的举止仍像个野人一样粗野，毫无一点大名的仪态。

现在待在老家的老主公三斋是一名茶人，再上一代的幽斋公则更是一名风雅歌人。所以这第三代忠利公，恐怕不是风雅的公卿风度，就该是那风流的阔少气质，没想到却如此不雅，这令小次郎深感意外。

忠利连脚都没擦干就穿上草履，急急忙忙地返回靶场。看到从刚才起便彷徨不安的岩间角兵卫，这才忽然想起来似的，说道："角兵卫，那就见见吧。"于是令人在帷幕的阴影下摆好折凳，背倚着九曜纹家徽坐了下来。

在角兵卫的招呼下，小次郎跪坐在忠利面前。在这个爱惜人才、礼贤下士的时代，接受谒见时都是采取这种礼节，忠利也不例外。

"赐座。"忠利旋即说道。

受赐折凳后便是贵客。小次郎起膝谢道："请恕小人无礼。"他一面点头示意，一面与忠利面对面坐了上去。

"你的详情，我都听角兵卫说过了。你出生在岩国？"

"正是。"

"岩国的吉川光家公素以英迈闻名，你的父祖也是吉川家的侍从？"

"据传，在下的远祖乃近江佐佐木一族，可室町将军灭亡后，便潜入母方故里，故未曾食过吉川家俸禄。"

询问完家系和亲戚等问题后，忠利问道："这是你第一次出来当差吗？"

"尚未事主。"

"听角兵卫说你想在此当差，那你到底是看中了本家的哪一点？"

"在下想，只有这里才是武士愿意为其赴死的地方。"

忠利"唔"了两声，似乎很满意，"你的武道是……"

"岩流。"

"岩流？"

"是在下独创的。"

"该是有渊源的吧？"

"在下先是学富田五郎右卫门的富田流，后又从老家岩国的一位名为片山伯耆守久安的老隐士那里传承了片山拔刀术，同时又在岩国川的河畔练习刀斩飞燕，自得此道。"

"哈哈，所谓的岩流，这名字便取自岩国川吧。"

"大人明鉴。"

"真想见识一下啊。"忠利于是从折凳上环顾起家臣的面孔来，问道，"谁起来与佐佐木比一下？"

四

这名男子便是佐佐木？这就是最近以来名声大噪的那个人？没想到这么年轻啊。从刚才起便注视着忠利与他对

30

话的家臣们正感慨时，突然听忠利说"谁起来与佐佐木比一下"，顿时面面相觑。

于是，众人的眼神自然立刻转向了小次郎，可他毫无为难之意，反倒是一副求之不得的神情，脸上泛起兴奋的红潮。

不过，未等有家臣自告奋勇起身请战，忠利便指名道："冈谷。"

"在。"

"上次在谈论枪与刀的利弊时，比谁都坚持枪有用的就是你吧？"

"是。"

"机会来了，你去试试。"

冈谷五郎次答应下来，然后转身对小次郎道："在下不才，愿与阁下过几招，阁下可愿意？"

小次郎心中大喜，使劲点点头。"承让。"

双方表面上礼貌有加，无形中却透着一股切肤的杀气。

帷幕中，清扫靶场沙子以及整理弓箭的人也都汇集到忠利身后。即使这些三句话不离武艺，拿太刀和弓箭有如筷子一般的人，除了练功，能真正领略正式比武的机会，一生中也不过几次。

倘若设问一句，赴战场作战与平常的比武，究竟哪一个更恐怖？如果老实回答，恐怕眼前的这群武士都会说：当然是比武更恐怖。

战争是集体的行动，而比武则是一对一的挑战。如不能取胜，则非死即残。从每根脚趾头到一毫一发都得动员起来，穷尽毕生的力量去战斗。像战争时那样，趁着别人作战的空隙自己赶紧喘口气，比武时是绝不会有的。

五郎次的朋友们都在严肃地注视着他的举止。看到五郎次从容不迫的样子，这才稍稍松口气。他是不会输给这小子的，大家都如此想。

细川藩中从来都没有枪术专家。自幽斋公和三斋公以来，在无数战场上历练成人者全被收入麾下，就连足轻中也不乏擅长枪术者。而擅长使枪并非当差人的特别技能，所以也可以说，这里并不怎么需要枪术教头之类。尽管如此，五郎次等人也算是其中的枪师了。他既有实战经验，平时也积淀了不少功夫，堪称老手。

"请主公稍候。"五郎次向主公和对手点头示意后，平静地退到了后面。当然是为了装扮。

早晨笑着出去，傍晚或许就会躺着回来，这是一名当差人应有的觉悟，今天也不例外。从束带到内衣，五郎次穿得都很洁净，当他退下去准备时，这一身装束却忽然让他悲凉起来。

五

小次郎全身舒展，身形挺立，提着借来的三尺木太刀，裙裤的褶皱也垂了下来。可他连拢都不拢，选好比试的地点后，便率先等在那里。他魁伟猛健，无论在谁看来，即使是带着憎恨的目光，也能看出他威风凛凛的气概。尤其是他如鹫一般勇猛且帅气的侧脸上，丝毫看不出与平时有一点异样。

怎么回事？同伴们的目光不禁全涌向即将上场的冈谷五郎次。一看到小次郎的异彩，人们便不由得担心起五郎次的能力，不安的眼神不知不觉间朝他正在做准备的幕后移去。

不过，五郎次早已平静地装扮好。他之所以耽误了一些时间，是因为他又仔细地在枪尖上缠了一些湿布。

小次郎见状，说道："五郎次先生。你那是作什么用呢？如果是怕万一伤着在下，那就大可不必了。"言辞听起来很平常，却分明带着桀骜不驯。如今，五郎次拿着的缠着湿漂白布的枪便是他在战场上得心应手的短刀形菊池枪，柄长九尺有余，握手以下是珍珠色的泥金画，光是菖蒲状的枪尖便有七八寸长，真是一杆宝枪。"真枪就行。"小次郎嘲笑着他的徒劳。

"不必？"五郎次顿时横眉立目，主公忠利和一旁的朋友也都在用眼神说道：太猖狂了！别理他，挑了他！

"没错！"小次郎则催促般加重了语气，他凝视着对方。

"这可是你说的。"五郎次于是解下湿布，握住长枪中间，毫不客气地逼了过来，"那就遂了你的心愿。但既然我用真枪，那也请你用真刀。"

"不，我用这个就行。"

"不，不行。"

"不。"小次郎压住他的气息，"在下乃藩外之人，怎能如此造次，在别人家的主公面前持真刀？"

"可是……"五郎次仍不满地咬着嘴唇。

忠利似乎已对五郎次的磨蹭很不耐烦，便说道："冈谷，这不卑鄙，你就由着对手吧。快比！"他的语气中也分明对小次郎有了看法。

"请。"

二人于是互致注目礼，凄厉的杀气映在双方脸上。一瞬间，只听啪的一声，五郎次跳了出去。可是小次郎却像粘在粘鸟竿上的小鸟一样，竟一下子贴到了枪柄之下，径直朝五郎次的心口冲去。五郎次无暇出枪，便猛一转身，用枪尾的金属籆朝小次郎脖颈附近砸下去。

只听铿的一声，金属籆的头部带着回声被弹入空中。而小次郎的木刀随之紧咬过来，嗖的一声，朝着随枪势掀起的五郎次的肋骨打来。

噌、噌、噌！五郎次顿时连退三步，又跳到一边。他连气都来不及喘，只能一避再避。可是，他已经是一只被鹫追赶的隼了。忽然，枪柄在纠缠不休的木刀下戛然而断。一刹那，五郎次只觉得自己的魂魄仿佛被硬生生地从肉体中剜了出来，一声惨叫。

眨眼间，胜负已决。

六

回到伊皿子坂的宅院后，小次郎便向主人岩间角兵卫问道："今日在主公面前，我是不是做得有些过了？"

"不，上乘。"

"那我回去后，忠利公是怎么说的？"

"也没怎么说。"

"总会说上几句什么吧。"

"什么也没说，只是默默地去了座间。"

"唔……"小次郎对他的回答似乎并不满意。

"不久后会有消息的。"角兵卫又补上一句。

"用与不用都无所谓。但忠利公果然名不虚传，是位名主。若早晚都要仕宦，真是非此莫属啊。不过，这也靠缘分了。"

在角兵卫看来，小次郎的锋芒终于显露出来。从昨天起，他就觉得有些反感。一直呵护在怀中的小鸟，不觉间再一瞧，竟已变成了一只鹫。

昨天，小次郎本打算至少要与四五个人过招给忠利看看，可大概是由于最初与冈谷五郎次的比武太过残忍了吧，"见识了，已经可以了"，忠利一句话便结束了比试。

听说五郎次后来苏醒了，不过恐怕已经瘸了，左侧的大腿骨或腰部的骨头应该已经粉碎。光是让他们瞧瞧这些就行，即使与细川家无缘也毫无遗憾，小次郎暗想。可是，他仍十分割舍不下。自己将来的托身之所，除了伊达、黑田、岛津、毛利，细川家是很可靠的一个藩。可由于大坂城这个悬而未决的存在仍孕育着战争，一旦自己委身错了，便极有可能再度沦为浪人，遭受逃亡之苦。即使寻找效劳的主公，也得把将来算进去通盘考虑才行，否则就会因半年的俸禄而白白搭上一生。

小次郎已经看透了这一点。只要三斋公还在老家那边发挥余威，细川家便会稳如泰山，前途一片光明。而且既然是乘船，最好搭乘这样的大船，才能把握住自己的人生之舵，驶向新时代的大潮。

可是，越是好的世家便越难挤进去。小次郎有些焦虑。也不知想到了什么，数日之后，他忽然丢下这么一句便出了门。"我去探望一下冈谷五郎次先生。"

这一日他是徒步去的。五郎次的家在常盘桥附近。突然见到小次郎前来热情探望时，五郎次仍无法从病床上起来。"不，比武的胜负乃是实力的差距，我就算恨自己不成熟，也不能怪您……"五郎次面露微笑，"您太热情了，劳您看望，真过意不去。"他眼含泪滴。

小次郎回去后，五郎次便向来探望的朋友说："他真是个文雅的武士。本以为他是个傲慢的人，没想到竟也这么有情有义。"

小次郎料定五郎次会这么说。果如所料，他碰巧从一位访客的嘴里听到了卧病在床的对手对他的溢美之词。

青柿

一

隔两天便去一次，隔三天再去一次，小次郎前后去冈谷家探望了四次。有一日，他还让人专门从鱼市送去活鱼以作慰问。

江户已进入伏天，空地上的荒草遮蔽了房屋，螃蟹慢腾腾地爬上了干燥的大街。武藏快给我出来，若不出来就不配做武士——半瓦手下立在各个街口的告示牌或是被夏草淹没，或是被风雨吹倒，或是被偷去做了柴火，已经无法看见。

"得找个地方吃饭了。"小次郎想起了饥肠辘辘的肚子，环顾四周。

这里可不是京都，连卖"奈良茶饭"的店铺都没有。只见眼前空地的草芥中，有人撑起一片苇帘，上面写着"屯食"二字。据传，这所谓的屯食就是古时候的饭团，大概就是屯集食物的意思吧。可是，这儿的屯食究竟又是什么来头呢？

从苇帘后面散出来的烟缭绕在草丛里，怎么也不肯散去。小次郎走近一看，顿时闻到烹煮食物的香味。当然不会是卖饭团的，但确是卖食物的店家无疑。

"给我来一碗茶。"小次郎说着走进阴凉，但见里面的凳子上，一人正捧着酒碗，另一人则托着饭碗，两个人吃得正香。

小次郎便走到对面桌凳的一头。"老板，你这儿能做些什么？"

"米饭、炖鱼和酱汤。酒也有。"

"我看你的招牌上写着'屯食'二字，究竟是何意思？"

"大家也都这么问，但我也不知道。"

"这难道不是你写的吗？"

"是在这里休息的一个年长的旅人说要给我写，于是就写了这两个字。"

"这么说，还真是好手笔。"

"据说是一个到各地求神拜佛的人，看来在木曾也是十分了得的富豪，什么平河天满宫、冰川神社，还有神田神社，他在每一处都捐献了庞大的数目呢，还说这是他最大的乐趣，真是一个奇人。"

"唔，那人叫什么名字？"

"奈良井大藏。"

"我好像听说过。"

"他给我写下了'屯食'二字，虽不知是什么意思，可毕竟是大德之士给小人写的招牌，若是挂出去，至少也能赶赶穷神吧。"老板笑道。

小次郎瞧了瞧摆在桌上的瓷碗，于是盛好饭和菜，一面用筷子驱赶着苍蝇，一面弄成泡饭吃了起来。

坐在对面的两名浪人中的一个不知何时已站了起来，正从苇帘的窟窿里窥着草原。"来了。"只见他回头看看伙伴说道，"浜田，是不是那个卖西瓜的？"于是，另一个男人也慌忙放下筷子起身，同样把脸凑到苇帘上。"唔，就是他。"他使劲点头道。

二

天气炎热，连青草都散发着热气，一个卖西瓜的人正挑着扁担走来。一名浪人从苇帘下面追出，忽然抽出刀，一下子便砍断了扁担上捆货的绳子。卖瓜人顿时一个跟头，连人带瓜一齐朝前倒去。

"喂！"这时，刚才被唤为浜田的另一名浪人也立刻跑上去，从一旁揪住卖瓜人的脖子，"前些天一直在护城河边的石堆那儿送茶水的姑娘，你把她弄到哪儿去了？你少给我装糊涂。一定是你藏起来了！"

一个人责问着，另一人则把刀贴到卖瓜人的鼻尖上，喝道："快说！你说不说！你住哪儿？"两人威胁着。"就凭你这副德行还敢诱拐女人，岂有此理！"说着还用刀面敲打着卖瓜人的脸。

卖瓜人面如土色，只一个劲地摇头，可是一看到空隙，他便愤然推开一个浪人，拾起扁担朝另一人打去。

"还敢打我？"浪人嚷嚷道。

"这小子看来绝不是个寻常的卖瓜人。浜田，小心。"

"哼，料他也没多大本事。"说着，浜田一把夺过对方打来的扁担，顺势将其打倒在地，然后将扁担压在卖瓜人背上，用现成的绳子将其结结实实地绑在扁担上。

就在这时，他的身后忽然传来一声猫被踢飞般的惨叫，同时，地上也发出扑通一声。他无意中回头一看。噗！一股红色的细雾混在夏草的热风里，一下子吹打在他的脸上。

"啊！"浜田一下子从卖瓜人身上跳开，仿佛看到了难得一见的情景，睁大了怀疑的眼睛，愕然大叫一声，"何人……你、你是何人？"

可是，像蝮蛇一样哧溜哧溜逼到他胸口来的刀锋却冷而不答。原来是佐佐木小次郎。

不用说，这刀自然是小次郎一直用的长刀晾衣杆了。自从厨子野耕介用研磨桶磨掉旧锈，令它重现光芒以来，它便嗜血不已，见血就想吸。

小次郎笑而不答，只是在夏草上追赶着后退的浜田，被绑在扁担上的卖瓜人一看到小次郎，顿时大吃一惊。"啊……佐佐木……佐佐木……佐佐木小次郎先生，救命啊！"他趴在地上拼命大喊。

小次郎却连理都不理，只是数着以刀相向一步步后退的浜田的呼吸，仿佛要将其赶入死地。他一退，自己便一进，他往旁边一绕，自己也横着一绕，一直让对方无法逃离自己的刀锋。

脸色苍白的浜田听到佐佐木小次郎的名字，顿时惶然起来。"哎，佐佐木？"绕来绕去间，竟忽然撒腿就跑。

"哪里走！"话音未落，晾衣杆已越过空中，削掉浜田的耳朵，又从肩头深深地劈了进去。

三

佐佐本小次郎立刻给卖瓜人割断绳扣，可卖瓜人仍未从草丛里抬起头。虽然坐是坐起来了，脸却一直不敢抬。

小次郎擦了擦晾衣杆上的血，将其收回刀鞘中，仿佛见了奇景一样。"老兄。"他拍拍卖瓜人的背说道，"这没什么丢脸的。喂，又八。"

"是。"

"是什么是，抬起头来。咱们也算是好久不见了。"

"您挺好的？"

"当然。可是你怎么做起这莫名其妙的生意来了？"

"别说了，丢人。"

"先把西瓜捡起来吧。对了，先寄放在那屯食小店如何？"于是，小次郎便从草地中招呼道："喂，老板。"

把又八的行李和西瓜寄放在屯食，小次郎又取出矢立，在拉窗一旁写道：

> 空地上此二尸体，斩杀者乃居于伊皿子坂月岬之
> 人，日后寻仇请便。
>
> 　　　　　　　　佐佐木小次郎

"老板，这样一来就不会给你添麻烦了。"

"多谢多谢。"

"也谈不上谢，只是死者的亲友来时，请帮我传一下话。小次郎决不会逃匿，随时都会恭候大驾。"然后又对苇帘外面的又八说道，"走吧。"他催促着又八前行。

本位田又八一直低着头。最近，他挑着西瓜担子到处叫卖，主要卖给那些在江户城各处劳作的采石场劳工和木工棚工匠，还有在外廓的脚手架上工作的泥瓦匠等。

刚来江户时，他还一度踌躇满志：哪怕只为了阿通一人，自己也要像个男人那样去做一样修行或事业。可无论做什么，他立刻就会气馁。没有生活的能力，这是又八的天性，光职业都换了不下三四次了。尤其是阿通走后，他就更加颓废，要么住在各处的流氓窝里，要么给赌徒们放哨混顿饭吃，要么就在江户的庙会或是出游等节日里卖一些适时的小东西。总之，他连一份固定的工作都没有找到。

不过，小次郎早就知道他的脾性，根本就不觉奇怪。只是，既然自己写下了声明，不久后一定会有人找上门来，自己必须要做好心理准备，于是便问道："你究竟跟那些浪

人有什么仇恨？"

又八闻言，羞于启齿地说道："实际上，是为了女人的事情……"

又八的生活中总是摆脱不了女人，似乎他与女人从前世就结下了深重的孽缘。小次郎不觉苦笑起来。"唔，看来你还是改不了那好色的本性啊。那么，你说的那女人究竟是何来历，又是为了何种原因？"

撬开又八那张难以张开的嘴巴还真是费劲，可即便回到伊皿子坂，自己也没什么事，所以对小次郎来说，哪怕只听听女人的故事也能让他打发时光，而且与又八相遇也是意外。

四

终于，又八交代了事情的原委。原来护城河边的市场上撑起了几十家挂着苇帘的休闲茶屋，专门做那些筑城的劳工和往来的路人的生意。其中一家有个十分惹眼的卖茶女，于是人们便趋之若鹜，那些不想喝茶的也去了，不想吃凉粉的也去了，而在那些别有用心的家伙中，就有刚才那个姓浜田的浪人。

又八也时常在卖完西瓜回去时顺便休息一下。有一次，姑娘偷偷告诉他："我十分讨厌那个武士，可这儿一打烊，茶屋的主人就逼我去陪那武士。你能否把我藏到你家里？

我是个女人，浆洗缝补的活儿我都会。"

既然这样，自己也没有理由拒绝，于是两人便串通好，又八立刻把姑娘藏到了自己家。没有别的，就这些理由——他频频为自己辩白。

"真可笑。"小次郎并不认同。

"为什么？"又八有些不满，追问自己的话中究竟哪里可笑。

天气炎热，听着又八那似恋爱又似辩解的冗长糗事，小次郎哭笑不得，便说道："算了。先领我到你住的地方，然后再慢慢说吧。"

又八却停住了脚步。脸上分明现出为难的神情。

"不行？"

"可是，我根本就没个像样的家领您去啊。"

"没事，没关系。"

"可是……"又八谢绝道，"那就下次吧。"

"为何？"

"今天有点那个……"

看到又八一本正经的样子，小次郎也不便强求，忽然爽快地说道："是吗？既然这样，那你就抽空到我的住处来吧。我就住在伊皿子坂中部的岩间角兵卫大人府内。"

"改日一定拜访。"

"那也行。对了，前一阵子立在各个街口的告示牌，你看到了没有？就是给武藏看的那个，半瓦的人立下的。"

"看到了。"

"上面写着'本位田家的老婆婆也在找',你没看到？"

"看到了。"

"那你为何不立刻去寻找你的母亲？"

"以我现在这种样子……"

"别犯傻了。对母亲哪还讲什么面子？说不定什么时候就会遇上武藏。身为儿子，到时候若是不在场，岂不是一生的过错？你会抱憾终生的。"

又八并未诚心接受小次郎的建议。他们母子间的感情并不像他人看到的那样。尽管心里有些不快，可鉴于对方刚才搭救的恩义，他便留下了一句含混的话语："好的，过几天就去。"便在芝的路口与小次郎分别。

小次郎果然奸猾。表面上做出分别的样子，却立刻折返回来，尾随又八拐进了狭窄的后街。

五

眼前是几栋长屋。这是人们不断砍伐树丛和杂木后逐渐形成的一片区域。道路之类也没有修，全凭两脚踩出小道来，也没有下水道，每户的洗澡水和厨房污水肆意流淌，自然地汇入小河。

江户的人口正在激增，倘若对居住环境没有如此麻木的神经是根本生存不下去的。其中多数人都是劳工，尤以修筑河川和城池者居多。

"又八，回来了？"邻家挖井的老板招呼道。老板正盘腿坐在浴盆中，将头从横放的防雨窗上面探出。

"啊，洗澡啊？"刚回到家的又八应道。

盆中的老板又说道："怎么样，我马上就出来了，要不你也洗洗？"

"多谢，不过我家朱实今天也烧好水了。"

"你们感情可真好。你们是兄妹还是夫妻啊？长屋的人也都不大清楚，到底是哪一种啊？"

"呵呵。"

说话间，正好朱实走了过来，又八和老板就都闭了嘴。朱实把提来的大盆放在柿子树下，不一会儿，又把桶里的热水倒进盆。"又八哥，你试试凉热。"

"有点热。"耳边传来滑车水井吱吱转动的声音。又八裸着身子跑过去，拎来一桶凉水，自己倒好后，便立刻坐了进去。"啊，真舒服。"

老板已换上浴衣，在丝瓜架下拿出竹凳。"今天的西瓜都卖了？"他问道。

"明知故问。"又八看着指缝间干黑的血渍，不快地用手巾擦掉。

"我说，比起卖西瓜来，还是挖井赚钱轻松啊。"

"虽然老板您一直这么劝说，可一旦挖起井来就得进城，那就很少能回家了。"

"那倒也是。没有工头的许可是不能回家的。"

"朱实说了，那样太寂寞了，让我不要干。"

"哦，舍不得老婆？"

"我们不是那种关系。"

"跟老婆在一块儿，凉水都会比蜜甜吧。"

"啊，痛！"

"怎么了？"

"头上掉下来一个青柿子。"

"呵呵呵，谁让你恋老婆来着。"

老板用茶色的团扇拍拍膝盖，笑了。这老板是伊豆伊东人，名叫运平，在这一带深得人们敬重。他已年逾六十，一头乱麻般的头发，是日莲宗的信徒，早晚都要念经，不过照顾年轻人的体力还是有的。

长屋的入口处竖有一块牌子，上写"介绍城用挖洞、掘井中介运平宅"，此处便是这位老板的家。由于城郭水井的开凿需要特别的技术，一般的掘井者胜任不了。而运平有在伊豆挖矿山的经历，于是便被聘请做工程顾问并介绍挖井工。这便是这位运平老板每晚喝烧酒喝到兴头上，经常在丝瓜棚下谈论的得意往事。

六

没有许可便不让回家，干活时还受到监视，在家留守的家人则形同人质，甚至还要受到町名主和老板的束缚。不过，在城内做事比起外面的工作要轻松得多，工钱也会多一倍。工程结束前，吃住都是在城内，连零花钱都没处花。所以，你就忍耐一时半会儿，等挣到钱后就别卖西瓜了，用这些钱做本钱弄点小生意多好。

邻家的运平老板一直这么劝又八，朱实却总是摇头，威胁道："若是又八哥去城中打工，我立刻就跑。"

"我怎么会去呢？把你一个人留在家里。"又八也不想做这种工作。他要寻找的，是那种既轻松又有面子的工作。

他从洗澡盆中一出来，朱实便加上几块挡板，自己开始洗。然后，二人都换上浴衣，又谈起了刚才的话题。"我讨厌为了一点钱就要像犯人一样被绑着去工作，但我也不打算一直卖西瓜。你说呢，朱实？眼下虽过得凄苦，你就先忍忍吧。"又八吃着绿紫苏拌豆腐说道。

"那是那是。"朱实连连赞成，她吃着泡饭，"哪怕一辈子只那么一次也行，怎么也得拿出点出息来让世人看看。"

朱实和又八来到这里后，一直被长屋里的人视为夫妇，可朱实根本就没想把又八这种没出息的人当作丈夫。她看男人的眼光早已变高了。来到江户后，尤其置身于繁华堺町的玩乐世界期间，她见识了各种各样的男人。她逃到又八家来不过是权宜之计，她不过是一只把又八当成跳板，想再度飞向天空的小鸟而已。可是，她现在还不能让又八到城中去干活。说白了，她是在担心自己的安危。若是被自己做卖茶女时认识的那个男人——姓浜田的浪人发现可就惨了。

"对了对了。"吃完饭后，又八又说起这件事来。自己被浜田抓住，正要倒霉时，却被佐佐木小次郎相救。那小次郎非要让自己领他来这儿不可，自己最终没答应，委婉地分开便回到家里。又八一面观察着朱实的神色，一面详细讲述了事情的经过。

"哎，你碰到小次郎了？"朱实顿时脸色大变，呼吸急促起来，叮问道，"那你说了我在这儿的事情没有？你该不会说吧？"

"谁会把你在的事告诉那种家伙啊。一说出来那还不完了，那么执拗的小次郎岂不又……啊！"说话间，又八忽然喊了起来，手捂侧脸。是谁扔的呢？从后面飞来的一个青柿子啪的一下正打在他的脸上。青柿子仍很硬，白色的果肉碎裂开来，又迸到了朱实的脸上。

而这时，夕月下的树丛中，一个酷似小次郎的身影正若无其事地朝街市方向走去。

露水

一

"师父！"伊织追着武藏喊道。临近秋天的武藏野上，荒草比伊织还高。

"快来！"武藏不时回过头，等待着那从草海中传过来的雏鸟般的脚步声。

"路倒是有，可就是看不清。"

"不愧是绵延十郡的武藏野，果然很大。"

"咱们到哪儿去？"

"找个住着舒服的地方。"

"要住下来？在这里？"

"挺好的吧？"

伊织既没有说好，也没说不好。只是抬头望着与原野一样广阔的天空，说道："这个，我也说不好。"

"等到秋天就好了。天空是那么蓝，辽阔的荒原上结满了露珠。光是想想，就让人神清气爽，不是吗？"

"看来师父还是不喜欢城里？"

"不，待在人中间也很有意思。可是街上到处都竖着骂我的告示牌，我武藏的脸皮就是再厚，也没法在城里住啊。"

"所以您就逃出来了？"

"唔。"

"真不甘心啊。"

"说什么呢，就这么点事。"

"可是无论走到哪里，人们都不说师父的好话。真窝火。"

"没办法。"

"谁说没办法？我真想把那些说坏话的人全都打一顿，然后自己也立个牌子，让那些说坏话的人全都滚出来。"

"不，我并不想打那种没用的架。"

"可是，师父若真想教训他们，不管是无赖还是什么样的家伙，师父是绝不会输给他们的。"

"会输的。"

"为什么？"

"他们人多啊。我若是打倒十个对手，就会增加一百个敌人，可还未等我把这一百个敌人全打倒，又会有一千个敌人向我冲来。就这样，我怎能打得过呢？"

"那您一辈子都要这样被人耻笑吗？"

"我也珍惜自己的名誉，也觉得愧对祖先，也不想做一个任人耻笑的人啊。所以，我就来到这武藏野的露水中寻找了，寻找怎样才能不遭人耻笑的答案。"

"可这种地方，再怎么走也不会有人家啊。就是有，也只是百姓……我看，还是得去寺院借宿。"

"那倒也行，但我们也可以找一处有树的地方，把树伐倒，铺上竹子，再葺上茅草，那样住着也不错啊。"

"还像在法典原时那样？"

"不，这一次我们就不做农夫了。每日坐坐禅什么的。伊织，这样你就能读书，还能一心一意地练习太刀呢。"

两人从甲州口的歇脚点柏木村进入荒野。从十二所权现山丘下了十贯坂之后，无论怎么走，四周都是一片原野。在夏草的波浪中，一条小道若隐若现。

又走了一段，他们来到一座倒扣斗笠般的松树山丘上。武藏察看了一下地形，说道："伊织，就住这儿吧。"

到处都有天地，随处都可生活。同鸟儿筑巢比起来，建一处两人住的草庵似乎更简单。伊织到附近的农家做了一天工，不久便借来了斧头和锯等工具。

二

算不上是草庵，也称不上是一般的小屋，总之，就在数日之间，一栋奇怪的房子便矗立起来。

"神话时代的房子大概便是这样吧。"武藏从外面打量着自己的家，一个人兴奋地喃喃道。

房子是由树皮、竹子、茅草和木板搭成的，柱子用的则是附近的圆木。只有用在屋中墙壁和小拉窗上那仅有的一点废纸绽放着人类文化的光和气息，显得弥足珍贵，可算作这屋子并非神话时代的证据。而且草帘子后还传来伊织朗朗的读书声，尽管秋蝉的鸣声仍十分噪耳，可终究敌不过伊织的声音。

"伊织。"

"是。"随着一声应答，伊织早已跪在武藏脚下。

最近，武藏对伊织的礼节要求严格起来。对于以前的少年弟子城太郎，他并未如此要求过。他认为，让孩子随心所欲地长大，这对成长迅速的孩子有好处。树大自然直，因为武藏便是如此长大的。

可是随着年龄的增长，他的思想也出现了变化。人的本性中，既有可以伸展的部分，也有不能放纵的部分。一旦任其自然，不能伸展的天性就会滋生起来，而好的天性就得不到发展。比如要搭建这草庵，就需要割草木，可无论二人如何伐刈，本希望它们生长的植物长不起来，而那些杂草和碍事的灌木却怎么割都盘踞不动，实在让人无奈。

自应仁之乱以来，尘世便一团乱麻。尽管织田信长曾大力剪除，丰臣秀吉也一度捆扎，德川家康甚至将地面荡平并在上面建起建筑，可西面仍弥漫着危险的气息，只需一把引火，天下恐将再度陷入火海。

可是，这种漫长的乱麻般的尘世也该转变了。野性之人肆意撒野的时代已经过去，即使只看看武藏的足迹范围也不难发现，将来，天下无论是归德川还是落到丰臣手里，人心的大方向已经确定。尘世已经从乱麻走向整齐，从破坏走向建设。无论人们愿意与否，下一期文化大潮已经势不可挡地涌向了所有人的心头。

武藏有时也会独自沉思。我生迟了，哪怕早生二十年，不，哪怕早生十年，或许也还能赶上。自己出生的时候已经是天正十年小牧合战那一年，十七岁时则是关原合战。从那时起，野性之人大放异彩的时代就已经过去了。现在想来，自己从乡村中只扛着一杆枪便梦想得到一城一国，实在可笑，完全是落伍的乡巴佬的无知妄念。

太快了，时代就像水流一样快。就在太阁秀吉的出世让家家户户的青年热血沸腾之际，再沿袭太阁秀吉那一套已经不行了。要教育伊织，武藏便不能不考虑到这些。因此，与对待城太郎时不同，他尤其注意礼节的训练。他必须要培养下一个时代的武士。

"师父，有事吗？"

"太阳快要落了。来，跟往常一样，拿起木刀，我要教你练习。"

"是。"伊织说着拿来两把木刀，放在武藏面前，他恭敬地低头行礼，"拜托。"

三

武藏的木刀长，伊织的木刀短，长短木刀都对准对方的眼睛，即所谓的正眼互对，师徒对峙。

从草叶上升起又落下的武藏野的太阳，将余晖倾洒在地平线上。草庵后的杉林也暗淡下来。无意间抬头倾听蝉鸣时，一弯细月早已悄然爬上枝头。

练习正在进行。伊织在模仿武藏架势的同时，自己也端着架势。由于武藏让他出手，他也想要打过去，身体却怎么也无法像设想中那样行动。

"眼睛。"武藏说道。

伊织便睁大眼睛。

武藏又说道："看着。盯着我的眼睛。"

伊织也拼命想瞪武藏。可一看到武藏的眼睛，自己的目光便立刻被弹了回来，反倒被武藏睨视。

尽管如此，伊织仍忍着与武藏对视，可最后竟连自己的头究竟是自己的还是别人的都分不清了。不仅仅是头，手和脚，连整个五体都恍惚起来。于是，他再次受到武藏提醒："眼睛！"

可不知不觉间，眼神便像要从武藏的目光中逃离一样，慌乱地游移起来。当伊织忽然回过神来，注意力又集中到眼睛时，便连手中的木刀都忘记了。而且短木刀有如百贯重的铁棒，越来越重。

"眼睛，眼睛。"说着，武藏一点点逼上前。

每当此时，伊织都会不自觉地想向后退，因此不知被武藏叱骂了多少次。他也模仿着武藏努力往前逼，可每次一看到武藏的眼睛，便连脚拇趾都挪不动了。

退则挨骂，进则不能，伊织的身体一下子燥热起来，仿佛被抓住的蝉一样变得滚烫。"我要做点什么!"伊织年幼的精神中铿然迸出火花。

武藏一感到这种火花,便立刻引诱他。"来!"说着便像躲闪的鱼一样,垂下肩膀向后退去。

伊织随之"啊"地大喊一声,冲了上去,可武藏早已不在那里。一转身,武藏已站在伊织刚才站的地方。然后,二人又恢复了跟最初一样的姿势。

不觉间,周围已结满夜露,眉一般的月亮已离开杉林。每当风儿阵阵吹来,虫鸣便会骤歇。白天时不怎么起眼的秋草小花也装扮起自己,如舞动着霓裳羽衣一样在风中摇曳不已。

"好,到此为止。"

当武藏放下木刀,将其递到伊织手里时,伊织才听到后面山林一带的人声。

四

"有人来了。"

"是迷途的旅人来求宿吧。"

"去看看。"

"是。"

伊织于是朝后面绕去。武藏则坐在竹廊上,凝望着武藏野的夜色。穗芒已是白茫茫一片,秋光在草波上跳跃。

"师父。"

"是旅人吗？"

"不是，是客人。"

"客人？"

"是北条新藏先生。"

"哦，北条先生？"

"本来从野道上过来就行，可他在杉林中迷了路，好不容易才找到了这里。马已经拴在对面，正在后面等着您呢。"

"这屋子也没有前后。就在这边吧，快把他领来。"

"是。"

于是，伊织便绕到屋子一旁，喊道："北条先生，师父在这边呢。请到这边来吧。"

武藏连忙起身迎接。看到新藏完全恢复了健壮，他立刻睁大了欣喜的眼睛。

"久疏问候。在下猜想您恐怕是避人而居了，唐突来访，还望见谅。"

面对新藏的问候，武藏一面连连点头致意，一面将他请进廊内。"啊，您请坐。"

"多谢。"

"我应该没告诉任何人这个住处，您是怎么找来的？"

"我是从厨子野耕介那里听来的。前些日子，听说您与耕介约定的观音像雕好了，让伊织送了过去……"

"呵呵，看来是伊织透露的。武藏我虽未到避人闲居的年纪，可正所谓流言不过七十五日，所以暂避一段时间后，那烦人的流言也就消逝了，而且也不会给耕介先生添麻烦。"

"我得向您致歉才行。"新藏低头道，"全都是因为在下，才给您带来这么多麻烦。"

"不，您的事情不过是些细枝末节，这里边的原因更深呢。这是小次郎和我武藏之间的事情。"

"就是因为这佐佐木小次郎，小幡老先生的儿子余五郎先生才遇害。"

"哎，那儿子？"

"是复仇不成反被杀的。由于听说我惨遭毒手，他便一心想杀死小次郎，结果反倒丢了性命。"

"我都那样劝阻了……"武藏想起站在小幡家玄关前的余五郎那年轻的身影，甚觉可惜，不禁喃喃道。

"可是他的心情也可以理解。门下全都离去，连我都倒下了，老先生前不久也病死了，他再也没什么牵挂，才会去小次郎家行刺的吧。"

"看来还是我阻止得不够啊……不，越是阻止，恐怕越会激起余五郎先生的血气吧。实在可惜。"

"所以，小幡家的家业只能由我来继承了。除了余五郎先生，老先生再无血脉，所以家父安房守便将实情告诉了柳生宗矩大人，在他的操持下，我办了养子的手续，继承家名。可我担心自己远未成熟，反倒会玷污了甲州流军学的名誉。"

五

听到北条新藏提到父亲安房守，武藏忽然追问道："您所说的这北条安房守，就是与甲州流的小幡家齐名的北条流军学的宗家吧？"

"是的。先祖兴于远州，祖父曾侍奉过小田原的北条氏纲和氏康两代主人，父亲则被大御所家康公所识，正好三代都以军学相续。"

"出身军学世家的您，怎么就做了小幡家的入室弟子呢？"

"家父安房守也有门人，也给将军家讲授军学，对儿子却什么都不教，还让我去别处师事他人，先体味一下世间疾苦。父亲就是这样的人。"

新藏的言行举止中处处显露出他不俗的修养。他的父亲大概就是那继承了北条流的第三代安房守氏胜吧。如此说来，他的母亲当是小田原北条氏康的女儿了。怪不得为人处事中难掩脱俗之处。

"不觉间又扯远了。"新藏回归正题，说道，"其实今夜突然造访，也是受了家父安房守的吩咐。原本是要由家父亲自来致谢的，可正巧一位贵客也来了，等着要与您见面，于是便让我来迎接您。"说罢，他观察着武藏的脸色。

"奇怪啊。"武藏似乎仍未参透他的语义，说道，"您说一位贵客已在您的府里静候在下？"

"正是。就由我来给您带路吧。"

"现在就走？"

"对。"

"您说的这位贵客，究竟是哪一位啊？武藏我在江户该没有一个知己啊。"

"您幼小时便十分熟悉的一人。"

"什么，小时候就认识？"武藏愈发不解。究竟是谁呢？若说这幼小时的朋友还真令人怀念。是本位田又八，还是竹山城的武士？或是父亲的旧知？说不定还是阿通呢。

武藏实在猜不透，便问是谁，新藏却一副为难的样子，说道："在将您领去之前，您就别问了。对方说了，要给您个意外惊喜。快请动身吧。"

于是，武藏越发想见这位猜不透的客人了。该不会是阿通吧。他一面猜测，一面在心底想，或许是阿通。

"去。"武藏站起身来，说道，"伊织，你先睡吧。"

新藏眼见出使任务即将完成，十分欣喜，立刻将拴在后面杉林的马匹牵到廊前。马鞍和马镫已全被秋草上的露水打湿。

六

"请上马。"北条新藏抓住马镫，请武藏上马。

武藏也没推让，翻身上马。"伊织，你先睡，我可能要明天才回来了。"

伊织也来到外面，送行道："师父走好。"

不久，马背上的武藏和手牵马辔的新藏便踏着胡枝子和芒草，消失在远方的茫茫白露中。

伊织一个人呆呆地坐在竹廊上。独自留守在这草庵里也不是一次两次了。再想想以前在法典原上孤棚中的事，他一点都不觉得孤独。

眼睛……眼睛……每次练习时，伊织总被师父如此提醒，这已经深深地印在了他的脑子里。现在也是，伊织仰望着天上的银河，又思考起武藏的话来。为什么呢？为什么被师父一瞪，自己就不敢看那眼睛了呢？伊织怎么也想不明白。少年那纯真的执着比大人还深，他幼小的头脑总想将这个谜解开。

就在这时，他真就遇上了睨视他的一双眼睛。缠绕在草庵前一棵树上的野葡萄叶子后面，一双眼睛正盯着他。

那分明是活物的一双眼睛，带着不逊于武藏拿木刀瞪着伊织时的目光。

"是鼯鼠吧。"伊织看得出，那是一只常来偷吃野葡萄的鼯鼠。在草庵灯光的映衬下，那琥珀色的眼睛就像妖怪一样发出恐怖的亮光。

"畜生！真觉得我好欺负啊，连你这小小鼯鼠都瞪起人来了。我怎么会输给你这畜生呢。"

伊织也认真起来，死死地回盯着鼯鼠的眼睛。他从竹廊上张开两臂，屏气凝神，与之对视。或许是感受到了什么，这只顽固、猜疑、执着的小动物并未逃走，反而在眼神里加了些锐光，一动不动地与伊织对视起来。

我怎么会输给你这种畜生！伊织瞪大眼睛，连气都不换一下，一直就这么盯着。不久，或许是伊织的眼神终于把它慑服了吧，只见野葡萄的叶子忽然摇晃了一下，一瞬间，鼯鼠便消失得无影无踪。

"认输了吧。"伊织得意起来。虽然浑身是汗，他的心里却酣畅淋漓。下次与师父对峙时，用刚才那样的眼神回击就行了，他想。

于是他放下苇帘睡下。尽管灯已熄灭，可银色的露光仍从苇帘的缝隙中透进来。他觉得自己一躺下便立刻睡着了，大脑中却浮现出一种珠子般熠熠闪光的东西，渐渐就像鼯鼠的眼睛一样进入了梦境。

"唔……唔……"他呻吟了数次。后来，他觉得那眼睛就在自己被窝旁，于是一下子坐了起来，果然，在微明的草席上，一只小动物正在死死地盯着他。

"啊，畜生！"伊织抄起枕边的刀就想砍过去，却一个跟头连刀带人摔倒在地，鼯鼠黑乎乎的影子又停在了那晃动的苇帘上。

"畜生！"伊织顿时一通乱砍，连苇帘和外面的野葡萄也砍乱了。他在原野上四处寻找，却在天空的一角发现了那两只眼睛的行踪。

原来竟是两颗耀眼的大星星。

四贤一灯

一

　　远处传来神乐笛的声音，大概是正在举行夜祭吧，篝火的火花映得神林的树梢红彤彤的。尽管骑在马上只是一刻，可对于手牵马辔一路跟来的北条新藏来说，赶回这牛込来，无疑是相当长的一段路程。

　　"就是这儿。"

　　这里正是赤城坂下方。坡道一边是赤城神社广阔的院落，另一边则是围墙环绕的深宅大院，其占地之大毫不次于对面的神社。

　　武藏看到这豪门大院，便翻身下马。"辛苦了。"说着便将缰绳交给新藏。

　　门开着。一听到马匹的蹄声清脆地传进府内，早就候在那里的侍从们立刻手持纸烛迎了出来，"您回来了。"他们从新藏手里接过马匹，并给武藏引路。"请跟我来。"说话间武藏便与新藏一起穿过树林，来到大玄关前。

迎客的式台左右早已备好烛台，管家级别以下的仆从们全都低头致意。

"恭候多时。请。"

"有劳。"武藏登上楼梯，随仆从的引导径直入内。

这里的建筑实在奇特。从楼梯到楼梯，一直是拾阶而上。大概是借着赤城坂的崖势，在楼台上面又建了一些房屋的缘故。

"请稍事休息。"

仆从们将武藏引进一室后便退了出去。武藏一坐下，便立刻察觉到这里房间位置之高。从崖前的庭院便可望见江户城的北护城河，若是白天，一定可以眺望围绕着城墙的丘陵上的森林。

这时，火灯形出入口的拉门轻轻开了。一名美丽的侍女楚楚地出现在武藏面前，摆好茶点、烟草之类后，默默地退了出去。仿佛从墙壁里出来又被吸进墙壁一样，那艳丽的衣带和衣摆消失后，屋内便只留下几缕淡淡的香气，让武藏忽然从心底里想起曾一度被他忘记的"女人"的存在。

不久，带着侍童的主人便出现在眼前，正是新藏的父亲安房守氏胜。一看到武藏的身影，安房守便非常亲昵，不，或许由于武藏与自己的儿子是同辈人，他便把武藏也看成他的孩子。

"啊，欢迎光临。"他略去了严谨的礼仪，豪放地在侍童铺好的坐垫上盘腿坐下，"听说小儿新藏多蒙照顾，本该

64

前往致谢才是，却让你亲自跑过来，于礼不合，还请见谅。"说着，便把手搭在扇子前端，微微点头致意。

"不敢当。"武藏也微微致意。看安房守的年纪，尽管已掉了三颗门牙，可皮肤仍散发着年轻的光泽，嘴唇两边蓄着浓粗的胡须，虽然夹杂着少许白须，却巧妙地将嘴唇附近的梅干样皱纹遮了起来。

看来是个孩子很多的老人。或许也是因此，一看就是个让年轻人容易亲近的人。武藏深有此感，随意地问道："听令郎说，府里来了位认识在下的客人，究竟是谁呢？"

二

"马上就会让你见的。"安房守不慌不忙，"这二人都知道你，可巧的是，他们二人彼此也很熟悉。"

"是来了两位客人？"

"每一位都是我的好朋友，其实是我今天才在城内碰上的，就顺便来了这里，闲谈之中，新藏前来问候，这才谈起你的事。于是，一位客人立刻便说好久没见你了，想见见，另一位也说要见你一面。"

安房守只说这些细枝末节，怎么也不肯透露客人是谁。可是武藏隐隐猜了出来，不禁微微一笑，试探着说道："我知道了，是宗彭泽庵大师吧？"

"还真让你猜着了。"果然，安房守一拍膝盖，说道，

"你的判断还真准。不错,今天在城内遇到的正是泽庵和尚。很怀念吧?"

"已久未见面了。"其中之一是泽庵,如今已然明白。可另一位究竟是谁,武藏怎么也想不出来。

安房守起身引路。"请跟我来。"说着,便将武藏引到屋外。来到屋外,登上一段短楼梯,便朝弯钩状的回廊深处走去。走着走着,前面安房守的身影突然不见了。或许也是因为回廊和楼梯都很昏暗,不熟悉环境的武藏脚步有点慢,可老人的性子也太急了。

武藏刚停下脚步,安房守便从远处亮着灯光的一个房间内喊道:"在这儿!"

"哦。"虽然回答了,可武藏一步也没有迈出。亮着灯光的房间与他站立的走廊间约九尺的黑暗带中断开来,他总觉得一旁暗壁的岔道有些不对劲。

"怎么还不过来?武藏先生,是这儿,快过来!"安房守又喊道。

"是。"武藏只得应一声,可他还是没有迈步。只见他静静地转过身,倒退了十来步,走到院中的洗手处,然后穿上脱鞋处的木屐,沿着院子绕过去,这才来到安房守喊话的房间前。

"啊,你怎么从那边来了?"安房守一脸意外地从房间一头回过头来。

武藏并不在意。"哦。"他朝房间里唤了一声,然后面带由衷的微笑,朝坐在上座的泽庵迎上去。

"哦。"泽庵同样睁大眼睛，起身迎接，"是武藏啊？"他也带着满脸的怀念，连说自己已等候多时。

三

多年后相遇，两个人打量着对方，相视良久。更何况地点也是这么巧合。武藏只觉得恍如隔世。

"我先说说咱们分别后的事吧。"泽庵说道。他的装扮一如从前，还是那一身简陋的僧衣，没有一点金线织花和珠玉等衣饰。不过，与从前相比，他的风貌大不一样，话语也亲切多了。

武藏已从以前那个野小子中蜕变出来，尽管仍有些粗野之气，却无形中增加了一种温厚。同样，泽庵的性格中也有了一些风度和禅家的底蕴。当然，他与武藏在年龄上相差十一岁，不久便是四十岁的人了。

"上次分别是在京都吧。当时正巧我的母亲病危，我便返回了但马。"泽庵继续说道，"为母亲服丧一年，不久便又踏上旅途，寄身在泉州的南宗寺，后来又去了大德寺，还与光广卿等人不问世事，吟歌作赋，品茶饮酒，不觉间又过了数年。最近才与岸和田城主小出右京进一同东下，忽然想看看江户开发的样子，便信步而来。说白了，我就是想来逛逛景……"

"哦，就是说，您最近才东下而来？"

"与右大臣（秀忠）曾在大德寺见过两次面，也经常去拜谒大御所，可独独这江户，我还是第一次来呢。那么，你呢？"

"我也是今年夏初前后才来的。"

"可是，你的大名在整个关东都传遍了。"

武藏顿时一哆嗦，内心一阵羞愧。"全是些恶名……"他低头说道。

泽庵端详着他，似乎想起了他仍未改名时的样子。"没什么，像你这种年纪，若是早早地出了美名，反倒……即使是恶名也没什么。只要不是不忠、不义、叛徒之类的恶名就行。"泽庵继续说道，"那么，你的修行，还有你最近的境遇，快给我说来听听。"

武藏便把这几年的经历大致说了一遍，然后感慨地说道："我至今仍觉得自己极不成熟，很失败，始终都悟不到真谛。只觉得自己越走，道就越远越深，仿佛一直走在无尽的山里。"

"唔，就是这样啊。"泽庵反倒把他的叹息听作真正的心声，高兴地说道，"如果你还不到三十岁，便放言已悟出了'道'，那你的人生之穗恐怕也就停止了。尽管野僧我比你早生十年，可一谈起禅来，仍觉得后背发凉呢。但不可思议的是，世人却非抓住我这个烦恼儿不放，非要我给他们讲法、讲教义不可。而你没有人高抬，比我轻松多了。住在法门里面最为害怕的，便是被人们像活佛一样崇拜啊。"

两人畅谈之际，不觉间，膳食和酒壶等已经摆了上来。

"对了对了。安房先生，快把另一位客人叫来，给武藏先生也介绍一下吧。"泽庵忽然想起来说道。

酒菜被分成了四人份，而眼下在座的却只有泽庵、安房守和武藏三人。另一位还没现身的客人是谁呢？武藏早已明白，可他默不作声，不去挑破。

四

被泽庵这么一催，安房守神色有些慌张，这才说道："喊来？"他犹豫着，然后又看看武藏，说道，"看来，我们的伎俩还是让你看穿了啊。作为提案人，我实在没面子。"他别有意味地致歉。

泽庵笑道："既然都失败了，那就干脆缴械投降，快把事情挑明了吧。不就为了增加点气氛嘛，就算是北条流的宗家，也用不着如此摆谱啊。"

"从一开始我就输了。"安房守喃喃道，脸上仍挂着不解的神情。就在挑明自己计划的同时，他又向武藏问道："其实在下已从犬子新藏和泽庵大师那里听到不少有关先生的事，对你已颇有了解，才把你请来。请恕失礼，由于无从知道你的修行究竟到了何种层次，与其见面后询问，莫如先不动声色地试探一下，而正好在场的那位同仁也有同感，我们二人便一拍即合。于是，那位便在昏暗走廊的岔道里潜伏下来，手按刀柄，单等你前来。"安房守这才为自己试探武藏的行为深感可耻似的，表示歉意，"我故意从这边几次三番地喊你快过来，就是想诱你入套。可当时你为什么又退到后面，绕那么大弯，从庭前赶到这里呢？我想知道原因。"他注视着武藏的脸，问道。

武藏只是唇边绽出微笑，并未解释缘由。

于是，泽庵便说道："不，安房先生，这就是身为军学者的您与武者武藏先生的差别啊。"

"什么差别？"

"可以说，这便是以智为基础的兵理学问与以心为神髓的剑法之道在感觉上的差异。从道理上来说，既如此引诱，便要让对方不能不如此来，这便是军学；而未等肉眼所见肌肤所感，便已察知自己已身处险境，遂抽身于危险，这便是心机。"

"何为心机？"

"禅机。"

"那么，连泽庵大师也明白这些？"

"这个嘛，野僧似乎也领悟了一二。"

"无论如何，在下实在佩服啊。尤其倘若是世之常者，一旦感到杀气，不是惊慌失措便是想一展身手。可看到先生倒退回去，又从庭口穿上木屐来到这客厅时，安房我实在是惊讶至极啊。"

武藏自觉理所当然，丝毫也没有为对方的佩服而感到兴奋，反倒觉得正是因为自己揭穿了主人的计划，才让那位客人一直站在墙外不好意思进来，实在可怜，于是说道：

"但马守大人，快请入席吧，在下已恭候多时。"

"哎？"

一句话不仅让安房守大吃一惊，就连泽庵都惊愕不已。"你怎么知道是但马守先生的？"

武藏一面退席，将上座让给但马守，一面解释道："虽然昏暗，可隐藏在岔道里的清澈剑气，再结合眼前诸位，除了但马守大人还能有谁呢？"

五

"唔，真是明察秋毫。"安房守赞叹着点头。

"没错，正是但马守先生无疑。喂，角落里那位，人家已经知道你了，快出来吧！"泽庵也说道。

泽庵冲室外一喊，一阵笑声随之传来。不久，进来的果真是柳生宗矩。不用说，这便是他与武藏的第一次会面。

在此之前，武藏已经退身到末席。尽管众人早就为但马守空出了壁龛前的席位，可他并未坐到那里，而是直接来到武藏面前，对等地与其打起招呼来："在下乃又右卫门宗矩，幸会幸会。"

武藏也客气道："初次见面。在下作州浪人宫本武藏，今后还请多多赐教。"

"前些日子便从家臣木村助九郎那里得到阁下书信，可不巧的是，老家的父亲患了重病。"

"石舟斋老先生后来病情如何？"

"毕竟年事已高，随时都可能……"接着，他话锋一转，"不过，先生的事情，无论是从家父的书信中，还是从泽庵大师的口中，在下可都是时有耳闻啊。尤其是您刚才的机敏，实在令人佩服。虽然有些于礼不合，不过，先生一直以来想与在下比试的愿望，刚才也已有所了解。请不要介意。"

一股温厚之风顿时包围了寒酸的武藏。而武藏也立刻感受到但马守果然名不虚传，的确是个聪明的高人。

"您言重了，在下实在诚惶诚恐。"武藏自然要比对方更谦逊，不由得说道。

但马守即使只有一万石，也是位列诸侯之人。从很久以前的天庆年间起，柳生庄便作为豪族天下闻名，而但马守现在又是将军家教头，与只是一介武夫的武藏相比，出身无疑有天壤之别。

在当时人们的观念中，仅仅是如此同席就已经破格了。只不过，由于这里已有旗本学者安房守，而且野僧泽庵也毫不拘泥这种差别，武藏也就如同获救了一般。

不久，酒杯举起，酒壶对酌，几人谈笑风生。席上既没有阶级差别，也没有年龄大小之分。在武藏看来，这并非他们给自己的特别礼遇，而是"道"之德，是"道"的交融使然。

"对了。"泽庵忽然想起了什么，放下杯子。"阿通怎么样了？最近……"他忽然问起武藏来。

面对这突如其来的追问，武藏有些脸红，说道："也不知道怎么样了，之后就杳……"

"杳无音信？"

"是啊。"

"真可怜。可总这样杳无音信也不是回事啊。"

宗矩一听，忽然问道："你们所说的阿通，是不是曾在柳生谷的家父身边服侍过的那个女子？"

"正是。"泽庵代答道。

"那她现在应该已经跟在下的侄子兵库返回老家，照顾家父去了。"宗矩说道，随即惊奇地问，"武藏先生与她以前就相识？"

泽庵笑了。"岂止是相识啊，哈哈哈。"

六

这里有军学家，却不谈军学。有禅僧，却不谈半个禅字。也有武者但马守和武藏，却从刚才起就未曾提及武道。

"武藏先生可不要脸红。"泽庵半开玩笑先打了个招呼，然后挑明了话题中提到的阿通的经历，以及她与武藏的关系，"这两人的事早晚要办，但野僧我帮不上忙，还是要仰仗两位先生。"言外之意，便是委托但马守和安房守为武藏找个安身之处。

"武藏先生年纪不小了，应该成家立业了。"在闲谈其他事情时，但马守也感慨地说。

"先生能修行到这般程度，已经足够了。"安房守附和道。他从刚才起便不动声色地劝武藏常留江户。

按照但马守的想法，即使现在不急，也该尽早把阿通从柳生谷叫回来，让武藏迎娶她，这样一来，武藏在江户自立门户，再加上柳生和小野两家，便会形成三派鼎立之势，在这新都府掀起一股武道的高潮。而泽庵的心情和安房守的好意也差不多都一样，尤其是安房守，就算只为报答儿子新藏所受的恩义，也一定要把武藏推举入将军家教头之列才肯罢休。基于这种考虑，在打发新藏把武藏叫来之前，他就已经同二人商量过了。

先看看他的人品再说——由于但马守提出要先见见真人，所以事情最初并未决定。不过试过武藏之后，但马守也应该非常清楚了。至于武藏的出身、性格、修行等履历，自有泽庵作保，当然谁都没有异议。

只是推举做将军家教头者，首先要位列旗本重臣。因为德川家自三河时代以来就有众多嫡系谱代，打下天下后对于后来的新人也有歧视的倾向，以至最近引起了一些麻烦。若要说困难，便在这里。不过有泽庵的说和，再加上两人的推举，也并非没有可能。

还有一个可预见的困难，便是武藏的家世。武藏当然没有系谱图。虽说他的远祖乃赤松一族，为平田将监的后裔，可他没有凭证，与德川家也没有什么交情。而他所拥有的恰恰相反，尽管关原合战时他只是肩扛一杆枪的无名走卒，可再怎么说也是德川的敌人，这点经历对他似乎有些不利。

不过关原合战以后，在曾为敌人的浪人中，也有不少为德川家所用的例子，而且在家世方面也早就有了类似的前例。比如小野治郎右卫门，原本只是隐居在伊势松坂的北畠家的一名浪人，如今却被提拔为将军家教头。所以，这一点也应该不足为虑。

"总之，先推举一下看看。但最重要的还是你自己的想法，也不知你是怎么想的？"泽庵最后做了个总结，探问武藏道。

"诸位实在高抬在下了。在下现在仍一无所成，远未成熟。"

武藏刚一推让，泽庵便直率地责问道："不不，正因如此，我们才推荐你，要让你有所成就。你有没有想成家的想法？难道你打算让阿通一直这样下去？"

七

阿通怎么办？一想到这些，武藏就很自责。

就算不幸，可我还是坚持我的心意——这是她曾说给泽庵，也经常说给武藏的一句话，可世人不会认同。世人会认为是男人的责任：即使只是女人的一厢情愿，结果如何却全在于男人一边。

这绝不是自己的责任——武藏绝没有这么想过，不，更准确地说是他不愿去想。他知道阿通一直恋着他，也知道恋爱的责任要由双方来承担。可是一旦到了"该如何负责"的时候，武藏便无法给出一个确切的答复。其根本原因就是他心里仍有一种潜意识：自己成家还为时过早。越钻研越深，越钻研越远，他对武道执着的追求让他无法为此分一点心神。

总之，在武藏心里，从法典原垦荒的时候起，他对刀的认识便完全发生了改变，他的探求已走向与以往的武者完全不同的另一条路。

与其执将军家之手教授武道，莫如执乡民百姓之手开拓治国之道。征服之术，杀人之术，前人已经将其发挥到了极致。而自从垦地亲土之后，对于这更高层次的术和道，武藏不知苦思冥想了多少次。修、护、磨——如果这种与生命伴随终生的道成立，那么可否用这种道来治世，又能否以此道来安民呢？从此以后，他便不再喜好单纯的术。

武藏上次让伊织拿着书信，让其一探但马守之门时，早已没昔日那种挑战石舟斋、妄图打倒柳生大宗的肤浅欲望。因此他现在的希望倒不是做将军家教头，而是参与政事，哪怕只是一个小藩也行。与其教导剑法，莫如布施仁政。

历来的武者们若听到他这种抱负，一定会耻笑他，恐怕不是骂他"狂妄至极"，就是笑他"极端幼稚"。熟悉他的人也会对他感到惋惜。人，一旦接触政治就堕落了，尤其是以纯洁为贵的刀，更会遭到玷污。

武藏深知，若说出真意，恐怕就连眼前的三人也都会耻笑他。因此他只好以未成熟为理由，几次回绝。

"好了，不要推辞了。"泽庵打断他。

安房守也心领神会。"总之，你不用担心，就交给我们吧。"

夜深了。酒仍未尽，烛台却不时现出灯晕来。北条新藏不时过来剪剪灯芯，间或听到他们谈论的话题，也不禁插上一句："这完全是好事一桩啊。如果大家的推举真的实现，那么为了柳营武道，为了武藏先生，我们就再摆一场晚宴，举杯庆祝。"他对父亲和客人们说道。

槐之门

一

这天早晨，又八起床一看，朱实不见了。

"朱实！"又八从厨房里露出头来，喊了一声，"不在？"他有些纳闷。

又八并非没有预感，他打开壁橱一看，果然连朱实来这之后做的新衣都没了。他顿时脸色大变，立刻穿上泥地上的草履，赶到外面，又往邻家挖井老板运平的家里瞅了一眼，也没有。

又八终于慌了神。"您看到过我家朱实没有……"他从长屋一直打听到街角。

"看见了，今早看见的。"有人告诉他。

"啊，是炭屋的老板娘啊。您是在哪儿看见的？"

"我看到她跟平时不一样，打扮得挺漂亮的，就问她到哪儿去，结果她说要到品川的亲戚家去。"

"哎，品川？"

"你那边有亲戚吗？"

这一带都把又八当成了朱实的丈夫，而他每天也都摆出一副丈夫的样子，所以他只能答道："是啊……那，或许是去了品川吧。"他并没有"追"的强烈意念，只觉有点微微的苦涩，又气又恼，咂舌不已。

"随你的便……"又八吐了口唾沫，喃喃道。他反倒死了心，朝海边走去。海很近，穿过芝浦大道就是。

一些渔人住在那里。以前，朱实做早饭的时候，又八常到海边溜达一圈，捡上五六条从网中漏出来的鱼，然后串在芦苇上提回家，早饭也正好做好。今天也是如此，沙滩上又撒了一些鱼，其中还有活的，可是又八已没有心情去捡。

"怎么了，阿又？"

这时，忽然有人拍了拍他的肩膀。回头一看，只见一个五十四五岁的肥胖商人正朝他微笑，一脸福相的脸上堆着皱纹。

"啊，是前头当铺的老板啊。"

"早晨就是好啊，空气清新。"

"嗯。"

"你每天早饭前都在这海边散步吧，这样对养生可绝对有好处啊。"

"哪能呢，像老板这样的身份，出来走走才养生呢……"

"你脸色不大好啊，怎么了？"

又八抓起一把沙子，往风中撒去。每次有急用的时候，又八和朱实总是会在当铺里与这老板打照面。

"对了，有件事我一直想跟你说说，却没机会。阿又，你今天还去做生意吗？"

"什么事？我那破生意，就是卖点西瓜卖点梨，去不去都无所谓，反正也赚不了大钱。"

"那你去不去钓沙钻鱼？"

"老板，"又八仿佛为做错事而道歉似的，挠挠头说道，"我不喜欢钓鱼……"

"没事，不去钓也行。那边就是我家的船，到海里去遛遛也能散散心。船篙你总该会撑吧？"

"会。"

"那就来吧。我想跟你谈一件发财的事，你愿不愿意？"

二

从芝浦的海边往海里划了五町远，海水仍浅得可以撑篙。

"老板，您刚才跟我说赚大钱的事，到底是什么事？"

"啊，你不要急嘛……"当铺老板巨大的身躯稳稳地坐在小船里，不慌不忙地说道，"阿又，你先把钓鱼竿从船舷上放出去。"

"怎么弄？"

"做出一副钓鱼的样子就行。虽然是在海上，可还是有不少人的眼睛啊。若是让人看到咱们两个人在船上交头接耳，不被怀疑才怪呢。"

"这样吗？"

"嗯、嗯，那样就行了……"老板又在陶制的烟管里填上上等烟丝，慢慢地抽着，说道，"在我交出实底之前，我想先问问你，你所住的长屋里的人对我这奈良井屋都怎么评价？"

"您的当铺？"

"没错。"

"若说当铺，肯定都很刻薄，但奈良井屋经常借钱给人。老板大藏先生，只要是穷人……"

"不，我说的可不是当铺的生意，而是奈良井屋的老板我。"

"好人啊。大家都夸您是一位慈悲的老板呢，绝对不是恭维。"

"就没人说我是笃信神佛的信徒？"

"是啊，正因为这样您才会帮助穷人，大家没有人不佩服的。"

"那，奉行所的小吏等，有没有走访调查过我？"

"这种事情……怎么会呢。"

"哈哈哈，你或许纳闷，我怎么净问些无聊的话，不过说实话，我大藏并不是做当铺买卖的。"

"哎？"

"又八，能一次赚到千万两横财的机会，恐怕你一辈子也不会碰到第二次吧？"

"大概……是吧。"

"那你就不想抓住试试吗？"

"什么？"

"赚大钱的门路啊。"

"怎、怎么抓？"

"只要答应我就行了。"

"是……是。"

"干不干？"

"干。"

"不过，你若是中途反悔，可就要掉脑袋了。我知道你很想要钱，但你还是好好考虑一下再答复我吧。"

"到底……干……什么呢？"

"挖井，活儿很简单。"

"就在江户城中？"

大藏环顾了一下海面。江户湾里塞满了船只。满载着木材和伊豆石等筑城用料的船只，夸张一点说，简直就是船头连着船尾，飘扬的藩旗挤满了江户湾。藤堂、有马、加藤、伊达，其中还有细川家的藩旗。

"聪明，又八。"大藏重新填了下烟叶，说道，"没错。正好你的邻家就住着挖井老板运平，而且他也一直劝你去做挖井人吧？你只要顺水推舟就行了。"

"只这样就行？只要我去挖井，就能得到一大笔钱？"

"啊……你先别急，要商量的事还在后头呢。"

三

"晚上你再偷偷过来，我先预付你三十锭黄金。"约好之后二人分别，又八脑中只剩下大藏这一句话。而作为代价，真要干吗？对于大藏开出的条件，他连想都没想，就茫然地答应了："干！"

事后他只记得这些，可是回答时自己颤抖的嘴唇上那微麻的感觉似乎仍停留在嘴角。

无论如何，对又八来说，金钱是具有绝对魅力的，而且那还是一笔惊人的巨额。多年来的不走运光是用这些钱就足以弥补，而且一辈子的生活也有了保证。

不，在他的心底，比这欲望本身更为强烈的，其实是一颗报复心，他要让多年来一直小看自己的所有家伙看看自己的发达。

这种强烈的魅惑占了上风。

从船上返回陆上，回到长屋的家里骨碌一下仰面躺下，占据又八大脑的仍全部是金钱的梦魇。"对，我得去求一下运平……"

想到这里，又八瞅了瞅邻家，不巧运平出去了，并不在家。"那我晚上再来。"于是他回到家，内心却像患了热病似的，怎么也定不下来。然后，他终于想起大藏在海上命令他要做的事情，顿时哆嗦起来，连忙环顾后面那没人的树丛和前面的空地。

"究竟是干什么的呢？那个人……"

他现在才思索起来，同时想起了大藏在船上的命令。挖井的工人会进入江户城中一处叫西丸新城的工地，大藏连这些都非常清楚。"你伺机用火枪将新将军秀忠打死。"他是如此说的。

"暗杀用的短枪，这边的人会在城内埋好。地点就在红叶山下西丸后门内的一株树龄有好几百年的巨大槐树下，火枪和火绳都会事先藏在那里，你挖出来，然后伺机动手就行了。"大藏说道，"当然，工地的监视一定很严密，奉行、监督等人的警戒肯定也会有。但秀忠将军年轻豁达，据说经常会领着侍从们出现在工地上。到时候，只要用远射武器，瞬间便可达到目的。然后你就趁着混乱立刻放把火，跳到西丸外围的护城河里，我们的同伴会早早就把援救之手伸到那儿，一定会把你救出来。"

又八呆呆地望着天花板，脑子里还在回忆着大藏的私语，身上顿时一片鸡皮疙瘩。他慌忙跳起来。"真是荒谬。我现在就去拒绝他！"

他刚想这样做，大藏当时的话又在耳边回响起来："既然我把话都告诉你了，如果你想反悔，虽然你很无辜，可我的伙伴还是会在三日之内揪下你的脑袋。"大藏那凶狠的眼神在他眼前浮现。

四

从西久保的路口往高轮大道方向一拐，就会来到一个十字路口，半夜的海面就浮现在这小巷的尽头。又八望望一旁那熟悉的当铺仓库的外墙，轻轻地叩起小巷的后栅门。

"开着呢。"里面立刻有人说道。

"老……老板。"

"又八？你来得正好。去仓库。"

于是，又八立刻钻进防雨门，顺着走廊被领进一个土窑。

"坐吧。"主人大藏把烛台放在衣柜上，支着胳膊，"你去了运平老板那里了？"

"是。"

"那结果如何？"

"他答应了。"

"他有没有说何时把你弄进城？"

"说是后天将会有十来个新工人进去，到时候就把我带进去。"

"那你这边都没问题了？"

"只要町名主和町内的五人组盖了担保的章就行了。"

"是吗？哈哈哈。从这个春天起，我也在町名主的推荐下，被迫成为五人组的一员。这一点你就不用担心了。"

"哎，老板也……"

"这有什么好吃惊的？"

"我、我没有吃惊。"

"哈哈哈，是吗，像我这样危险的人物都进入了町名主手下的五人组，这让你惊呆了吧？只要有钱，即使像我这样的人物，世人也会把我当成慈善家、大善人，即使我不愿意，也会强加给我这些名号。阿又，你也要抓住赚钱的机会啊。"

"是、是。"又八突然浑身发抖，连说话都结巴起来，"干、干！所、所以，请先给我定金。"

"你等等。"大藏拿着手烛，把头伸进仓库里面，从架子上的文卷匣里抓来三十锭黄金，"你有装钱的东西没有？"

"没有。"

"那就用这个卷起来，揣在钱腰带里吧。"说着，大藏扔给他一块破花布。

又八连数都没数就裹了进去。"那我给您写个收条什么的吧。"

"收条？"大藏不由得笑了，"你真是个可爱的老实人。收条就不用了。如果出了差错，我会拿你脖子上的人头来顶的。"

"那，老板，我这就告辞了……"

"等等。可不是光拿了定金就没事了，你可别忘了正事啊，白天我在海上吩咐你的那事。"

"我记住了。"

"城内西丸后门内，那棵大槐树下面。"

"火枪的事？"

"没错。不久我就会打发人去给你埋上的。"

"哎，谁去埋？"又八一脸不解，瞪大了眼睛。

五

光是裸着身子进城都得有中介老板运平的介绍和町名主及五人组作保，可见不是一般的严格，更不用说那火枪和弹药之类了，他们怎么能从外部带进去呢？而且就跟定好的一样，半个月后就会如约埋在西丸后门内的槐树下，他们又不是神仙，怎么能做到呢？

又八十分狐疑，眨巴着眼睛盯着大藏。

"这件事你就不用担心了，你只要做好自己该做的事就行了。"大藏一语带过，接着说道，"尽管你已经接受，可心里一定还忐忑不安吧。但进城干上半个月，心情自然就放松下来了。"

"我也是这么指望的。"

"等你有了胆量，再伺机动手。"

"是。"

"还有，我刚才给你的钱也不要疏忽大意，在事情成功之前你最好先别动，先找个别人看不见的地方藏起来。毕竟，好多事情的败露都是由钱引起的。"

"这些我也早想好了，您不用担心。可是，老板，当我完成任务后，您可别推托不给尾款啊。"

"呵呵，又八，不是我说大话，我奈良井的仓库里有的是钱，你看看，那边堆的全是千两箱。你过去饱饱眼福吧。"说着，大藏擎起手烛，在落满灰尘的仓库一角转了一圈。什么碗箱、铠甲柜，乱七八糟的东西堆满了仓库。

又八连看都没怎么看就解释道："我并不是怀疑您。"之后，他与大藏密谈了半刻左右，心情也略微放松下来，便从后门偷偷回去了。

他刚一出去，大藏便把头伸进点着灯的隔扇里面，喊道："喂，朱实，看他那样子，一定是去埋金子了，你跟在他后面去看看！"

随之便从浴室口传来有人出去的声音。仔细一看，那正是今早刚从又八家消失的朱实。跟邻人所谓的"到品川的亲戚家去"之类，当然是她的谎话。她抱着典当的东西来了这里几次后，不知不觉间，店主大藏的眼睛就把她俘虏了，她将现在的境遇和心情都倾诉给了他。

当然，他们并不是最近才第一次见面。当年，朱实与从中山道下江户的娼妓们一起住到八王子的客栈时，就在那里看见过城太郎的同伴大藏，而大藏也从二楼在喧闹的一群人中看到了朱实的身影，隐约有些印象。

"我现在正愁没有女帮手呢。"大藏一暗示，朱实二话不说便逃到这里。对于大藏来说，朱实当天就用上了，又八也当天就派上了用场。而且前后连起来一想，一切不过是一天内的事情而已。

　　毫不知情的又八一直走在朱实前面。只见他先返回家里，拿着铁锹趁夜色穿过屋后的树丛，不久便爬到西久保的山上，把金子埋在了那里。

　　朱实看准后连忙报告给大藏，大藏便立刻出去，回来时已是黎明时分。他在土窖中清点了一下挖来的金子，交出去的三十锭黄金怎么数都少了两锭，这让他仿佛赔了钱似的摇头不已。

皂荚坂

一

虽然只是个心怀悲苦、不解风情的老婆婆，可若是置身于秋虫、芒草和徜徉的大河——这种环境中时，她也绝非一个毫无感伤之人。

"在吗？"

"谁？"

"半瓦家的。葛饰那边送来了好多蔬菜，头儿吩咐说给老婆婆也分一些，我就给您背了一些来。"

"总烦劳记挂，代我向弥次兵卫先生问安。"

"放在哪儿？"

"先放在厨房的水槽边上吧。我待会儿再收拾。"

小桌旁边掌着灯，阿杉今夜仍在执笔抄经，一行行地抄着她发愿要抄一千部的《父母恩重经》。她在这浜町的平野上租了一处房子，白天时就给病人做点针灸之类来糊口，晚上则安心地抄。习惯了一个人的生活后，老毛病也很久不犯了，这个秋天，她觉得身体硬朗了很多。

"啊，老婆婆。"

"什么事？"

"黄昏时有没有一个年轻男子来访？"

"针灸的客人？"

"也不像是要针灸的样子，好像有什么事，到木工町问老婆婆搬到了哪里。"

"多大年纪？"

"差不多有二十七八吧。"

"长相呢？"

"有点胖乎乎的，个子并不算高。那个人没来吗？"

"没来……"

"说话跟老婆婆的口音很像，我还以为是您同乡呢。那，您先歇着吧。"说完，跑腿的男人回去了。

对方的脚步声刚一离去，停顿下来的虫鸣又像秋雨似的包围了整座房子。阿杉搁下笔，凝望起灯影来。忽然，她想起了灯火占卜。

她还是姑娘的时候，从早到晚天天都在打仗，由于无法知道外出打仗的丈夫、儿子或兄弟的音信，也不知自己明天的命运将会如何，那时的人便常常进行一种灯火占卜。具体做法是每晚看点着的灯火，若是灯晕辉煌便是有吉事，有紫色阴影便一定是有人死了，若是灯火爆裂成松叶状，便是有等待之人欲归来……就这样，人们因灯影或喜或忧。

那已是很久以前的少女时代流行的事情，所以她已把这种古老的占卜方法忘记了，可今晚的灯火像在告诉她一件吉事似的那么灿烂。大概也是心理作用吧，甚至连彩虹色的灯晕都映了出来，格外美丽。

"难不成是又八？"想到这里，她连笔都没心思拿了。她恍惚地描绘着傻儿子的身影，半刻，一刻，连自己的存在都忘了。

哗啦，后门忽然传来一声声响，将阿杉一下子从梦幻中晃醒。一定又是捣乱的黄鼠狼来糟蹋厨房了，她端着灯出去查看，只见刚才男子放下的蔬菜上竟有一封书信般的东西。无意间拆开一看，里面竟包着两锭黄金，包装纸上则写着：

> 我现在仍无颜见您，请再原谅儿半年左右的不孝。请恕儿自窗口悄悄别过。
>
> 又八

二

"浜田，不是吗？"一名满脸杀伐之气的武士踏着杂草跑过来，气喘吁吁地问道。

站在大川边上环顾河滩的武士有两名，其中被唤作浜田的似乎是个仍未成家的年轻人。"嗯……不是。"只见他哼了一声，又瞪起发亮的眼睛，似乎在寻找什么人。

"看上去的确是那家伙啊。"

"不，是个水手。"

"水手？"

"我追过来一看，结果进到那船里去了。"

"可这也说明不了什么啊。"

"不，我调查过了，完全是另一个人。"

"奇怪啊。"

三个人从河边回过头，望望浜町的平野，说道：

"傍晚时，他的确在木工町闪了一下，然后我就一直追到这边来了。这小子，腿脚够快的。"

"到底跑到哪儿去了呢？"

阵阵波浪声传进耳朵。三人仍站在那里，各自在黑暗中探寻着动静。

这时——

"又八……又八……"隔了一会儿，平野的某处又传来同样的声音，"阿又……又八……"

开始时三人还怀疑是听错了，没有吱声，接着却忽然彼此相视。

"啊，在喊又八呢。"

"是个老太婆的声音。"

"又八，不就是那家伙的名字吗？"

"对啊。"

姓浜田的未成家年轻人率先跑了起来，剩下的二人也跟在后面。循着声音追当然不是难事，对方只是个老太婆，而且一听到他们的脚步声，阿杉反而自己迎了上来。"又八没跟你们在一起吗？"她喊道。

三人分别揪住阿杉的双手和衣领，喝道："我们也在追赶那又八呢，你到底是什么人？"

"你们干什么？"还未回答，阿杉就像一条愤怒的鱼一样竖起刺来，甩掉他们的手，"我还要问你们是什么人呢！"

"我们？我们是小野家的门人。这位是浜田寅之助。"

"小野是什么人？"

"将军秀忠公的教头、小野派一刀流的小野治郎右卫门先生，你不知道？"

"不知道。"

"你这老太婆。"

"等等，先问问这老太婆与又八的关系再说。"

"我是又八的母亲，怎么着？"

"你就是卖西瓜的又八那小子的母亲？"

"你说什么？别觉着我们是外地人就好欺负，还什么卖西瓜的小子。我告诉你，他本是侍奉美作国吉野乡竹山城的主人新免宗贯、乡地百贯的本位田家的儿子，而我就是他的母亲。"

三人却根本连听都不听，其中一人更是很不耐烦。

"喂，少啰唆。"

"想怎么样？"

"扛走。"

"做人质？"

"既然是他母亲，还怕他不救？"

一听这话，阿杉顿时扭动着骨瘦如柴的身子，像虾蛄一样挣扎起来。

三

最近扫兴的事情真多。佐佐木小次郎一肚子不平。这里仍是他在月岬的住处。最近，他染上了嗜睡的毛病，老是睡觉，而且是在不该睡的时刻。

"恐怕连晾衣杆都哭了吧。"佐佐木抱着长刀，仰面往榻榻米上一躺，发狠地喃喃自语着，"就凭这把名刀，这剑法高强的持刀人，居然连不到五百石的俸禄都吃不到，难道要让我永远做一个寄人篱下的食客不成？"说着，只听他怀抱的晾衣杆刀柄铿锵一响，"瞎子！"他将长刀朝空中一挥，一瞬间，画了个巨大半圆寒光的刀立刻又如活物一般钻回鞘内。

"漂亮。"岩间家的仆人从廊前说道，"您是在练习抽刀法吗？"

"瞎说。"小次郎又俯卧下来，用指尖拈起落在榻榻米上的飞虫尸体，啪的一下弹到走廊里，"这家伙绕着灯飞来飞去的真讨厌，我就杀了它。"

"啊，是飞虫？"仆人靠近一看，睁大了眼睛。那是一只类似蛾子的飞虫，柔软的翅膀和肚子被一劈两半。

"你来铺床？"

"不……您看我差点忘了正事。"

"什么事？"

"有个木工町的使者带来一封信。"

"信……拿来。"

是来自半瓦弥次兵卫的。最近这阵子，小次郎对那边也不怎么关心，有点厌烦。他躺着拆开书信，但读着信，他的神情逐渐紧张起来。信上说阿杉从昨夜起便失踪了。为此，半瓦今天撒出所有人找了一天，终于打听到了下落，可由于阿杉被绑到了他也无能为力的地方，所以才来找小次郎商量。

能够找到阿杉下落，完全是因为小次郎上次写在屯食拉窗上的字句被人篡改了。"告佐佐木先生，抓又八母亲者乃小野家浜田寅之助"——弥次兵卫的书信连这些都仔细地抄上了。

"来了……"小次郎读完大喜，抬眼望着天花板自言自语道。一直等到今天，小野家才终于有了动静。当初将小野家的两名武士抛尸在屯食旁的空地上时，他把自己的名字光明正大地写出来，就是为了今日。如今他正等得不耐烦呢。

"来了。"他这喃喃自语，完全是因为对方终于有了反应忍不住窃喜而发出的。他来到走廊，环望夜空，有云，却不像是要下雨的样子。

不久，高轮大道上便出现了骑着驮马而去的小次郎的身影。驮马很晚才赶到木工町的半瓦家。他从弥次兵卫那里问完详情，制订了第二天的计划，当夜便直接住下了。

四

小野治郎右卫门忠明，以前曾称神子上典膳，自关原合战以后，因在秀忠将军的阵营里教武道为契机被擢为幕士，得赐江户神田山的宅地，与柳生家并为教头，连姓也改成了如今的小野。

这里便是神田山的小野家。由于从神田山可以清晰地望见富士山，而且近年来有不少骏河人也移居过来，纷纷在这一带落户，于是这一带最近也开始被叫作"骏河台"。

"奇怪啊……都说是在皂荚坂啊。"小次郎爬上坡顶站住。今天看不见富士山。从崖边瞅瞅深谷，隐约可见一条穿过树缝的淙淙溪流。原来是御茶水的溪流。

"师父，我去找找，您先在这儿稍候。"领路的半瓦家年轻人独自跑去。不一会儿，年轻人便返回报告说："找到了。"

"哪里？"

"就在咱们刚上来的坡上。"

"有那样的宅邸吗？"

"听说是将军家教头，我还以为跟柳生大人的府邸一样气派呢，原来刚才在右边看见的那面肮脏的老宅土墙就是。

我记得，那儿以前曾是一个什么马奉行的宅子。"

"我说呢。那是因为柳生家是一万一千五百石，而小野家只有区区三百石。"

"差那么多？"

"本领倒是差不多，不过家世可不一样。在这一点上，柳生家的俸禄光是祖先就给他创下了七成多啊。"

"就是这儿……"年轻人停下脚步往前一指。

小次郎顺势望去。"果然是在这儿啊。"他也停了下来，打量宅子的构造。只见马奉行时代的旧土墙从坡的中央朝后山的树丛绕去，里面非常宽阔。从并无门扉的门口往里一望，只见主屋后面有一栋木色很新的增建的房子，似乎便是道场。

"你可以回去了。"小次郎对年轻人说道，"你告诉弥次兵卫，若是晚上之前我没有带回阿杉婆婆，那就是连我小次郎也化为白骨了。"

"是。"男子朝皂荚坂下面跑去，不时回头望望。

对于柳生，再怎么接近也没用。即使想去打败他，妄图把他的名声转移到自己身上也没用，因为柳生毕竟是最高的御止流。对方会以自己的门派是将军家流为借口，概不接受浪人的挑衅。

与此相反，小野家则无论是无禄的浪人还是豪强高士，似乎都来者不拒，接受一切比武挑战。因为再怎么摔跟头，也无非只是三百石。而且，这里也与柳生的大名剑法不同，是以杀伐实战的锻炼为目标。

不过，迄今为止，还未听说过一个敢去小野家蹂躏小野派一刀流的前例。世人都尊敬柳生家，但剑法更强的是小野——人人都这么说。

小次郎自从来到江户，得知这件事情，便悄悄地把目标定在了这皂荚坂的门内。总有一天……而这门，今天就在他的眼前。

忠明发狂始末

一

浜田寅之助乃三河出身，即所谓的德川家"谱代"，尽管俸禄不高，在如今的江户也算有头有脸的幕士之一。现在，同门沼田荷十郎正若无其事地从道场旁边的所谓"准备房"的窗户里望着外面，忽然，他又急忙探寻起寅之助的身影来。

"来了、来了。"他跑到身在道场正中央的寅之助旁边，小声告诉他，"浜田，好像是来了、来了。"

寅之助并不回答，正架着木刀教一名后辈练习。他背对沼田荷十郎听着，喝道："好了吗？"他先是从正面朝后辈发出攻击预告，然后伸直木刀，嗒嗒地踩着地板逼了过去，直到把后辈逼到道场北面的一角。咕咚一声，后辈一个跟头，木刀跟着飞了出去。

寅之助这才回过头来。"沼田，你说的来了，指的是佐佐木小次郎吗？"

"没错。刚进了门……马上就会到这儿。"

"没想到来得这么快，看来还是人质管用啊。"

"可是，怎么办？"

"什么怎么办？"

"谁出去？又该怎么招呼他？你想，这个胆大的家伙，一个人都敢来闯，要是准备不充分，万一让他给弄出乱子来可就不好了。"

"把他领到道场正中央，让他坐在那儿就行。至于招呼，我会去跟他打，你们都乖乖地待在一边别出声。"

"唔，如果是这些……"荷十郎环顾了一下在场的人。光是龟井兵助、根来八九郎、伊藤孙兵卫等人的面孔就让他底气十足，此外还有不到二十个同门也在场。

这些同门也早就知道了事情的经过。被斩杀在屯食的空地上的两名武士中，一名便是眼前这浜田寅之助的兄长。

虽然寅之助哥哥并不是什么好人，即使在这道场中口碑也极差，但小野派的人对佐佐木小次郎仍是愤慨至极。决不能就这样放过他！尤其是浜田寅之助，在小野治郎右卫门精心调教的众门徒之中，也是与前面所提的龟井、根来、伊藤等并称为皂荚坂骁将的高徒之一。而小次郎竟敢在屯食的拉窗上写下不逊的文字，大曝于天下。倘若寅之助置之不理，岂不有损小野派一刀流的名誉？于是他在关注事态进展的同时，也在暗中憋足了劲。

昨夜，寅之助和荷十郎等人抓来阿杉后，便如此这般将缘由跟其他人讲明，同辈和后辈们都拍手叫好。"真是抓了个好人质。""让小次郎自己送上门来，真是一条妙计。""等他来了之后先痛揍一顿，再割掉他的鼻子，绑在神田川的树上示众。"

人们个个摩拳擦掌，今天早晨还在打赌他敢不敢来。

二

大部分人都断言他不敢来，可没想到听荷十郎说，小次郎居然已经进门了。

"什么？来了？"在场人的脸色顿时如白木板一样苍白。除了浜田寅之助，其他人都悄然从宽阔的道场地板上起身，咽着唾沫。

道场门口马上就会传来声音，小次郎马上就会来造访，人们拭目以待。

"喂，荷十郎。你看准他进门了？"

"看准了。"

"那他怎么还没来这儿？这么慢，是不是认错人了？"

"不会的。"

正当紧张地跪坐在地板上的众人沮丧地发现自己竟已被紧张打败时，一阵啪嗒啪嗒的草履声忽然在休息间的窗外停了下来。

"各位。"一名同门往里探了探头，说道。

"哦，什么事？"

"再怎么等，小次郎也不会到这边来了。"

"奇怪啊，荷十郎刚才明明说看见他进门了。"

"他已经去了宅邸了，也不知是如何向里面递的帖子，反正现在正在客厅里与老恩师谈话呢。"

"哎，与老恩师？"一听到这话，浜田寅之助先是吓了一跳。关于哥哥被杀一事，若真要追查原因，哥哥的不轨行为必然会露馅。因此，他事先就把这件事委婉地告诉了师父小野治郎右卫门等人。至于昨晚抓来阿杉做人质，他当然没有禀报。

"喂，真的？"

"谁骗你们？若不相信，你们可以绕到后山，隔着院子望望老恩师书房旁边的客厅啊。"

"这可麻烦了。"

其他人却对浜田寅之助的叹息不解起来。就算小次郎直接去了师父治郎右卫门的住处，并巧言令色笼络师父，只要跟他堂堂对决，揭露他的罪状，将他拉到这里不就行了吗？

"有什么麻烦的。我们这就去看看情形。"

当龟井兵助和根来八九郎二人穿上草履，正欲从道场的门口出去时，一个姑娘神情紧张地匆匆奔来，似乎宅邸那边发生了事情。

"原来是阿光啊。"两人叨念了一句停下脚步。道场内的门人也蜂拥出来，忐忑不安地听着她尖厉的声音。

"大家快来啊！伯父和客人双双拔出利刃去外面，在院子前面厮杀起来了！"

三

阿光是治郎右卫门忠明的侄女。也有人背地里说，阿光本是一刀流的师父弥五郎一刀斋的小妾的女儿，是忠明领养的。这或许是真的，或许是谣传。总之，她是一个肤白可爱的姑娘。

众人大惊，阿光则继续说道："我正纳闷伯父怎么跟客人那么大声说话，出去一看，他们竟在院子里厮杀起来了。伯父年纪又大了，万一有个三长两短可怎么办？"

不等她把话说完，龟井、浜田、根来、伊藤等高徒便"啊"了一声，来不及细问情形便奔了起来。

道场与宅邸离得很远，需要通过一道篱笆和竹柴门。虽然都是在一个大院中住，可房屋却要分开，在中间结起篱笆，这是城市生活的风习。若是稍大点的武士家，还要另建门人住的杂院或其他。

"门关着！""什么，没开？"门人们吵嚷着，破柴门而入，朝环绕后山的约四百坪的平坦庭园一望，只见师父小野治郎右卫门忠明已拔出平日用的行平刀，刀尖对着对方的眼睛。不，准确地说，刀尖的位置还要稍高一点。远处对面无疑是那佐佐木小次郎，只见他将晾衣杆傲然举在头顶，眼睛如火炬一般直盯着治郎右卫门忠明。

众人见状无不惊愕。约四百坪空旷的庭园，紧张的空气中仿佛拉起了一条线，使其他人无法靠近。

对峙的双方之间透着一种无形的森严，让人无法从一旁出手。若是无知蒙昧之人，恐怕不管三七二十一就闯上去了，而出生在武士之家、自幼便受到熏陶的这些人却被这一瞬的庄严震撼，一时间竟连憎恨都忘了，忘情地在一旁观看起来。

不过，这种忘情只是一瞬而已，愤怒的感情随之又从全身复苏。

"呜！去帮忙！"

两三名门人就要逼到小次郎身后。

结果忠明却大喝一声："不要过来！"声音与平常迥异，且带着一股逼人的寒气。

"啊……"

纵身过去的几人只能退回来，再次徒劳地握住无法出手的刀柄。

不过，众人还是互相使了个眼色。只要忠明露出一点败象，纵然是违抗师命也要从四面围住小次郎，一口气将其剁成肉酱。

四

治郎右卫门忠明仍很健壮，年龄有五十四五岁，乌黑的头发让他看起来只有四十来岁。他身材虽然矮小，却很壮实，四肢舒展，全身没有一丝僵硬之感，看起来也并不矮小。

面对忠明，小次郎也未挥下一刀。不，应该说是无隙可乘。不过，就在忠明将小次郎置于自己刀前的一刹那，这家伙——他顿时产生一种不容小觑之感，全身也随之紧绷。他甚至感叹起来：难道是善鬼再世！善鬼——对，自善鬼以来，自己已经很久没遇上这种充满霸气的刀风了。

这个善鬼，便是忠明还年轻、还叫神子上典膳、跟随伊藤弥五郎一刀斋修行的时候，同样跟随一刀斋修行的另一名可怕的师兄。善鬼是桑名一个船夫的儿子，虽没什么教养，却有着强悍的性格，后来甚至连一刀斋都对善鬼的刀无可奈何。

一刀斋一衰老，善鬼便藐视起师父来，还妄称一刀流是自己的独创。一刀斋眼见善鬼的刀越厉害便越会成为社会的祸害，不禁无奈地感叹："吾一生之过，便在善鬼矣！"还说，"我一看到善鬼，便只觉是他攫走了我身体里所有的恶，化为一只胡作非为的妖怪。所以一看到善鬼，我就连自己都讨厌起来。"

可是，对于典膳来说，善鬼成了他的一面镜子，成了他练武的动力。终于，在下总的小金原上，他与善鬼比武并将其斩杀，于是被一刀斋传授了一刀流的出师证明。

可是今天，一看到佐佐木小次郎，他不禁又想起了善鬼。不过，善鬼虽强悍却无教养，而小次郎有着绝世的智慧，也有武士的教养，身与刀浑然天成。

忠明凝视着对手,立刻便在心里果断认输了——自己不是他的对手。即使面对柳生,他都决不妄自菲薄,对但马守宗矩的实力也毫不买账。可今天,面对佐佐木小次郎这样一介年轻人,他竟真心感到自己的刀已老。莫非,自己已被时代甩在后面?

有人说:"追越先人易,不被后人超越难。"再也没有比现在更让他痛感这真谛的时候了。就在自己与柳生并雄,见证了一刀流的全盛,老来想安享人生的时候,没想到社会上正有如此的麒麟儿。他不禁无比惊愕地审视小次郎。

五

双方胶着在原地,姿势上也一直没有任何变化。可是,小次郎和忠明都在消耗惊人的体力。这种生理上的变化化为沿双鬓淌下的冷汗,化为鼻腔中的喘息,化为苍白的脸色。尽管眼看就要杀上去,可刀与刀却依然保持着最初的姿势。

"我输了!"忠明喊了一声,刀和身子也啪的一下,径直往后退去。

可是,或许是因为这话听起来有点像"等等",小次郎的身体顿时在空中画出一道弧线。同时,挥起的晾衣杆也欲把忠明一劈两半似的刮起一阵旋风。就在忠明的发髻与刀相碰的一瞬,由于速度太疾,发髻竟猛地倒立起来,扑唰一下被从根部斩断。

可是，就在忠明肩膀一落的同时，随之反弹回来的行平刀的刀锋也把小次郎的袖子斩飞了五寸左右。

"不讲理！"愤怒顿时在门人们的脸上燃烧起来。忠明刚才的一句"输了"，分明显示出双方的对峙并不是打架，而是比武。

可是，小次郎反而将此看成可乘之机，竟毫不客气地斩了下去。既然他胆敢如此不敬，也没必要袖手旁观了，顿时，门人的同仇敌忾立刻化为了行动。

"别跑！"众人顿时雪崩一般冲向小次郎，而小次郎早已像飞跃的鱼鹰一样变换了位置。平坦的庭园一边有一株大枣树，只见小次郎从树干背后露出半个身子，眼睛一面骨碌碌地转着，一面大声呵斥道："胜负决出了吧？"分明是一种胜利者骄傲的姿态。

"决出了。"忠明在远处答道，然后又斥责门人，"退下！"说着还刀入鞘，返回书斋的走廊，坐了下来。

"阿光。"他叫来侍女，"帮我结好发髻。"说着，他拢起散乱的头发。

让阿光帮忙梳头的时候，忠明这才真正地喘息起来，胸膛上大汗淋漓。"简单梳理一下即可。"然后，他转过头看看阿光，吩咐道，"给那边的年轻客人打点洗漱用水，把人家请到客厅里。"

"是。"

不过，忠明却没有进入客厅，而是穿上草履，环顾着门人们，吩咐了一句："到道场集合。"说罢自己竟率先朝那边走去。

六

究竟是怎么回事？门人们丈二和尚摸不着头脑。师父治郎右卫门忠明居然对小次郎喊投降，这令他们深感意外。这一声让一直无敌的小野派一刀流名声扫地。脸色铁青的门人当中，甚至还有的强忍着愤怒的眼泪，怒视着忠明。

随着一声吩咐，二十余名门人全都跪坐在地，分成三列，表情严肃。治郎右卫门则寂然地坐在上座更高的席位上，久久地凝望着门人们的面孔。

"我也老了，眨眼间时代也变了。"终于，开口的忠明先是蹦出了这么一句，"回顾一下自己过去的历程，跟随师父弥五郎一刀斋除掉善鬼之时，正是自己刀锋最亮的时候。而在这江户设立门户，位列将军家教头之列，开始被世上尊奉为'无敌一刀流'或者'皂荚坂小野'之类的时候，我的刀便开始走下坡路了。"

门人们仍未猜透师父究竟要说些什么，虽然都很严肃，可每个人的脸上都充满了不满和疑惑的神情。

"想来，"说到这里，忠明突然厉声起来，一直低垂的眼睛瞪得很大，"这是所有人都有的共性，是随安乐而来的衰老征兆。而在这期间，时代自会变化，后辈也会超越前辈，年轻的下一代会开辟新的道路。这就对了，因为世间总是在转变之中前行的。可是，剑法却不容许这一点，武道必须是不老的道。比如伊藤弥五郎师父，虽然现在仍没有他的消息，也不知道他是否还健在，可当我在小金原上斩杀了善鬼的时候，师父便立刻将一刀流的出师证明传给了我，自己则径直出家进了深山，继续探索刀、禅、生、死之道，欲登上大彻大悟的峰顶。而我治郎右卫门忠明却相反，竟早早就现出了衰老的征兆，酿成今天这样的失败，真是愧对恩师弥五郎先生啊。想想我此前的生活，真是不虑啊。"

"师、师父，"根来八九郎终于忍不住说道，"虽然您说输了，可我们一直坚信师父是不会输给那种年轻人的。今天的事情，是否有什么内情？"

"内情？"忠明一笑，摇摇头，"这是真刀间的对决，其中怎么会容许丝毫的情面呢？虽说对方还是个年轻人，可我并非因为他是个年轻人才输的，而是输给了不断前进的时代。"

"您的意思是……"

"你先等等。"忠明平静地打断根来的话，重新打量了一下众人同样的表情，说道，"那我就说得快一些吧，那边还让人家佐佐木先生等着呢。有件事想告诉大家，希望大家能听听我的希望。"

七

"从今天起，我想退出道场，遁身世外，但并不是隐居，而是进入山中，效仿弥五郎入道一刀斋，以期晚成大悟。这是我第一个希望。"治郎右卫门告诉众弟子道。

由于弟子中的伊藤孙兵卫是自己的侄子，所以拜托他照顾儿子忠也。"至于幕府那边，也请帮我说一下，就说我出家遁世就行了。"

"这是我第二个请求。接下来，趁这个机会，还有一件事我要告诉大家。输给晚辈佐佐木一事，我并不悔恨。可是，别处已出了他这样的可畏后生，而我小野的道场里居然还未出一名俊才，我深感耻辱。道场之所以出现这种情况，也是因为我的门下多是谱代幕士，动辄耍起威风，有了一点修行后便妄称是无敌一刀流，自高自大。"

"啊，师父，请恕徒儿打断您讲话，我们可绝没像您说的那样骄横懒惰地混日子啊。"这时，龟井兵助声音颤抖着从弟子的座席上说道。

"住口！"忠明瞪着他，从师座上大喝一声，"弟子的懒惰便是师父的懒惰，我是自感惭愧才如此决定的。我并未说你们所有人都骄横懒惰，但我看你们当中还是有这种人。我必须要一扫这股恶习，让小野道场变成一个正直的、年轻的时代苗床。否则，我的隐退改革也就失去意义了。"

他沉痛的诚意终于打动了弟子们。并坐在弟子席位上的门人全都低下了头，他们一面咀嚼着师父的话，一面反省着自己。

"浜田。"不久，忠明终于说道。

浜田寅之助忽然间被点名。"是，"他下意识地应了一声，抬头望着师父的脸。

忠明狠狠地瞪着他。

寅之助为忠明的目光所慑，不禁低下头来。

"站起来！"

"是。"

"站起来！"

"是……"

"寅之助，你还不站起来？"忠明厉声说道。

坐成三列的弟子之中，只有寅之助一人直立在那儿。他的同辈和后辈们都猜不透忠明的用意，全都鸦雀无声。

"寅之助，从今天起，你被逐出师门了。将来，等你洗心革面，立志修行，成为一个顿悟兵法之道的人，咱们再以师徒的名分相见吧。你去吧。"

"师、师父！请说明理由，徒儿犯了什么过错，竟至被逐出师门？"

"你把武道张冠李戴，居然还不知犯错？日后你好好地扪心反思一下就会明白的。"

"请师父申明！请师父明示！您若不说，寅之助便无法离此而去！"寅之助激愤的脸上青筋暴起，一再申辩。

八

"既然这样，那我就告诉你。"忠明迫不得已，便当众宣布了将其逐出师门的理由，"卑怯是武士最不齿的行为，而且也是武道上最严厉的戒条。行为卑怯时便会被逐出师门，这是本道场的门规。然而，浜田寅之助，虽兄长被杀却仍不务正业，而且对那佐佐木小次郎，非但不去雪耻，反将仇恨撒在一个叫什么又八的卖西瓜的男子身上，还把其老母亲抓来当人质关押在这府内，这也算是武士所为吗？"

"不，这是为把小次郎引到这里采取的手段而已。"寅之助拼命抗辩。

"这正是你的卑怯之处。既然想杀小次郎，为什么不堂堂正正去挑战！自己去小次郎的住处也行，送决战书也行。"

"这、这些我也不是没有想过。"

"想过？那你为什么犹豫了呢？你仗着人多势众，想将佐佐木先生诱骗到这里痛打一顿，你自己刚才的话不正好是你的招供吗？相反，佐佐木先生的态度却令人敬佩。他只身一人来到我面前，根本就不屑以你这卑劣的门徒为对手，而是直接来指责师父。弟子的卑劣便是师父的卑劣，当直接找师父挑战。"

在座的弟子们这才明白事情的来龙去脉。

忠明继续说道："而且，真刀对真刀的结果，我治郎右卫门自身的可耻错误也被挖掘出来。认识到这些错误，我才认了输。寅之助，即使都这样了，你却还不反省，还不认为自己是个无耻的武者吗？"

"我认罪……"

"去吧。"

"那好，我走。"寅之助低着头，后退了十几步，然后两手扶地，重新跪拜一礼，"师父也要保重。"

"唔……"

"诸位也保重。"他声音无力地与众人作别，然后悄然离去。

"我也要遁世了。"说罢，忠明站了起来。弟子们的座席中传来了呜咽声，还有的号啕大哭。

忠明望着垂头丧气的弟子们，说道："各位，振作点。"他满怀着师爱，送出最后的师言，"有什么好悲伤的？你们必须要昂扬起来，把你们的时代迎到这道场。从明天起，你们就要谦虚，比以前更要相互鼓励。"

九

不久，从道场返回宅邸，出现在客厅里的忠明说道："失礼了。"他一面向刚才就候在那里的小次郎致中途退席之歉，一面平静地坐下，脸上毫无动摇，与平常无异。"其实，"忠明开口道，"门人浜田寅之助刚才已被我逐出师门，以让他洗心革面，潜心修行。而且，寅之助藏匿的人质老婆婆也当然要送还先生，不知先生是当面带回，还是由这边亲自送回去？"

闻听此言，小次郎说道："在下已很满意。那就由在下带回去吧。"说着就要起身。

"既然如此，那就让一切恩怨都化为流水，请干一杯吧。阿光，阿光。"说着，忠明击掌喊过阿光，吩咐道，"备酒。"

在刚才的真刀对决中，小次郎也觉耗尽了所有精力，而且之后又独自等了很长时间，本想立刻回去，可又担心对方会觉得自己胆怯，便只好坐了下来。"那就恭敬不如从命了。"他说着端过杯子。

小次郎始终还是轻视忠明，嘴上却不住地赞赏，说什么自己今日也得遇高人，从前还从未曾和贵公这样的刀对决过，不愧是一刀流的小野云云，以此进一步提高自己的优越感。

小次郎年轻、强悍、充满霸气，就连喝酒，忠明都深感不如。不过，以忠明年长的眼光来看，对方身上的那种强悍和年轻极其危险。这种素质，倘若打磨好了，可天下披靡，可一旦走上邪道，恐怕会沦为善鬼之流。忠明深感惋惜，若是我的弟子——他刚把这句忠言送到喉咙边，却还是咽了回去。对于小次郎的话，他全都谦虚地付之一笑。

闲谈之间，两人也谈到了有关武藏的传言。"最近听说在北条安房守和僧人泽庵的推荐下，或许有一名叫宫本武藏的武士将被提拔，就要加入将军家教头之列。"忠明透露道。

"哦？"小次郎只是淡淡应了一声，脸上却明显带着不安。眼见日已西斜，小次郎便想告辞。"在下得回去了。"

忠明便吩咐侄女阿光道："你牵着老婆婆的手，送到坡下去。"

治郎右卫门忠明恬淡，正直，不像柳生一样擅长结交政客，一直保持着粗朴的武士气质。而不久后，他的身影就从江户消失了。

"连将军家都能直接接近的人，却——"

"若是干好了，前途无限啊。"

世人对他的遁世深感惊讶，不久便夸张地传扬起他负于佐佐木小次郎的事来：听说小野治郎右卫门忠明发疯了。

仁慈之心

一

昨晚的风真是可怕。连武藏都说，那样的暴风雨他生来还是头一次遇到。真是个灾难日，大灾难日。

尽管伊织比武藏更了解，也更擅长处理这种恐怖天气，并在昨晚风暴来袭之前就爬上屋顶系好了天花板，压好了石头，可屋顶还是在半夜被吹走。今天早晨起来一看，竟连被吹到哪里都不知道了。

"啊，连书都读不成了。"山崖上，草丛里，到处都是散落的书。望着眼前一片凄惨的情形，伊织惋惜地叨念着。但他们所受的影响绝不只有这书，他与武藏所住的屋子已坍塌得不像样了，修都没法修。

可武藏并不理会，只丢下一句"生好火"就出去了，半天都不回来。

"师父可真有闲心，还去看稻田里的洪水玩。"伊织生起火来，用的木柴便是屋子的地板和板壁，"今晚又没地方睡了。"刚想到这里，一阵浓烟便呛进眼睛。火着了。

武藏仍未回来。

伊织无意间一抬头，远处一些尚未裂开的栗子和被风雨吹打而死的小鸟尸体映入眼帘。伊织便将其用火烤熟，当早饭吃了。

中午时分，武藏终于回来了。过了半刻左右，后面又来了一群穿着蓑衣的村民。他们不住地道谢，又是"多亏了先生，洪水才能这么快就退下去"，又是"病人很高兴"。"以前，每次遇到灾害的时候，人们都只扫自家门前雪，你争我抢，可这一次却在先生的带领下，村民齐心协力，不分彼此，没想到这么快就击退了水患。"年长的村民们不住地致谢道。

"啊，原来师父是去指挥他们抗洪了？"伊织这才明白武藏天不亮就出去的缘由。

伊织还特意为武藏留下了一些死鸟，早就拔去鸟毛烤好了，村民们却说："食物我们那儿有的是。"于是便拿来了一堆食物，甜的辣的什么都有，还有伊织喜欢的年糕。

死鸟肉实在难吃。只顾考虑自己，匆匆以死鸟肉果腹的伊织后悔了。他现在才明白，只要舍弃自己，为大众着想，食物自然会有人给。

"房子我们也会亲手帮您搭建一座更结实的，今晚您就住在我那儿吧。"一位老农说道。这位老农的家在附近的乡村中算是最古旧的。武藏和伊织请他把昨晚濡湿的衣服烘干，当晚便在老农家睡下。

"咦？"就寝后，伊织翻身朝睡在一旁的武藏小声说道，"师父。"

"唔？"

"您听到远处那神乐伴奏没有？远处。"

"好像有，又好像没有。"

"奇怪。这种大风暴后，居然还能听到神乐的声音。"

武藏并未回答，只传来睡息。于是，伊织也不知不觉睡着了。

二

次日清晨。

"师父，我听说秩父的三峰神社不是很远。"

"离这儿确实不远啊。"

"那你就领我去吧，参拜一下。"也不知想起了什么，今天早晨，伊织竟忽然如此说道。一问原因，他才说昨晚的神乐让他念念不忘，今早起来后就立刻去询问这家的老农，结果对方回答说，在距离这里不远的阿佐谷村，从古时候起就流传着一种"阿佐谷神乐"，那里有一位旧神乐师，每次三峰神社月祭的时候，便会在家里演奏神乐，然后一路演奏到秩父去，所以昨晚才会听到。

若说起雄壮的音乐和舞蹈，伊织知道的只有这神乐。而且他还听说三峰神社的神乐有日本三大神乐之一的美誉，是古典神乐，很想去秩父看看。

"好不好嘛，师父。"伊织撒着娇，死缠硬磨，"反正草庵五六天之内又搭不起来……"。

被伊织这么一纠缠，武藏不禁想起了分别已久的城太郎。从前带着城太郎的时候，城太郎就很磨人，又是哭闹，又是撒娇，任性至极，令人棘手。

伊织却很少这样。他缺少一种孩子气，这种冷淡有时甚至让武藏都感到寂寞。

虽然伊织的出身和性格跟城太郎不一样，但有很多行为都是武藏培养的结果。他一直严格要求伊织，要他严守师父与弟子之间的界限。以前带着城太郎时就缺乏管教，一任自流，鉴于此，这次他便有意识地在伊织面前端起师父的架子。

伊织好不容易撒一回娇，武藏便含糊地应了一声，然后想了想，说道："好，那就带你去吧。"

伊织欢呼雀跃起来。"正好天气也不错。"他顿时忘记了对前天晚上坏天气的怨恨，立刻告诉这家的老农，要来便当和草鞋，又催促起武藏，"那，咱们快上路吧。"

老农说他们回来之前会把草庵搭好，然后就把二人送出门去。尽管风暴之后到处都是水洼，可现在眼前已是伯劳低飞，天高云淡，仿佛前天的风暴根本就没发生过。

三峰的月祭一连持续三天。既然已决定去，伊织也不再着急。他毫不担心会赶不上。

当日二人早早地便住在田无驿站的一家简易客栈，第二天也仍行走在武藏野的茫茫荒原上。

入间川的水也涨了两倍，平日的土桥被淹没在河中，已经废掉了。附近的村民正驾着田舟打桩，从两岸接补土桥。

二人正等着通过，伊织忽然喊道："啊，那边有很多箭镞，还有头盔顶呢！师父，这一带一定是个古战场。"伊织挖掘着被洪水冲刷的河沙，兴奋地捡拾着生锈的断刀和稀奇古怪的旧金属等，忽然吓得一缩手。"啊……人骨头。"

三

武藏看到后，便说："伊织，把那白骨拿过来。"

虽然不觉间已碰过一次，可伊织再也不敢伸手。"师父，您要干什么？"

"埋到人脚踩不到的地方去。"

"可是也不止一两块啊。"

"正好桥修好之前我们也没事干，有多少都给我捡过来。"说着，武藏环顾河滩背面，"就埋在那边龙胆花的附近吧。"

"可是我们没有铁锹啊。"

"那就用断刀来挖。"

"是。"伊织挖好坑，然后把收集起来的箭镞和头盔顶连同白骨一起，全都埋了起来。"这样行吗？"

"唔，再压上块石头。好，这样就可以供养了。"

"师父，这一带的合战是什么时候的事？"

"你忘了？你应该在书里读到过啊。"

"忘了。"

"《太平记》中记录的元弘三年和正平七年的两次合战，新田义贞、义宗、义兴等一族与足利尊氏的大军交锋的小手指原，就在这一带。"

"就是那场小手指原合战的战场啊。若是这个，师父对我讲过好多次了，我知道。"

"那么，伊织，"武藏似乎在试探伊织平时的学习效果，说道，"当时，宗良亲王说，'虽久居东方，秉持武士之道，然征东将军之宣旨下，犹觉意外，即咏诗一首'，说罢便咏了一首和歌，你还记得吗？"

"记得。"伊织当即答道，然后便一面仰望掠过蓝天的鸟影，一面吟诵起来，"多年不碰梓木弓，今又随吾赴疆场，谁人可曾想？"

武藏微微一笑，又道："不错。那么，'同一时期，打至武藏国，于小手指原之处'，在这一注释的词条中，这位亲王还有一首歌是……"

"……"

"忘了吧？"

伊织仍不服输。"等等，等等。"他不住地摇头，不一会儿便想了起来，开始抑扬顿挫地朗诵，"为君为世何所惜，一腔热血皆可抛。对吧，师父？"

"那意思呢？"

"我知道。"

"说来听听。"

"这还用说？如果连这首歌都不懂，那还算是武士，还算是日本人吗？"

"唔。可是伊织，既然如此，那为何你从刚才起就嫌拿白骨脏呢？"

"可是，师父也不喜欢那白骨吧？"

"这古战场的白骨，全都属于宗良亲王的歌中所泣、所唱的奋战而死的人们。土中那些武士的白骨，虽然我们肉眼看不到，可正是因为他们的牺牲，才保护了我们这个国家的和平，保护了这个几千年的丰秋津岛啊。"

"这样啊。"

"尽管时常战乱，可这些战乱就像前天的暴风雨一样，并没有让我们的国土本身发生丝毫变化。而且，尽管现世的人也做出了很大的贡献，可我们决不能忘记这土中的白骨之恩。"

四

听着武藏一字一句的教导，伊织不禁连连点头。"我明白了。那，我就给刚才所埋的白骨供上一枝花，给他们行个礼吧。"

武藏笑了。"行礼倒不必。只要将为师刚才的话铭记在心就行了。"

"可是……"伊织似乎仍觉得于心不安，于是采摘了一束秋草花，奉在石前。他刚要双手合十，却忽然回过头来，喊了一声"师父"，有些犹豫地说道："这土中的白骨，若真像师父刚才所说都是忠臣，那倒没什么，可如果是足利尊氏一方的士兵，那可就没劲了。我可不想祭拜他们。"

面对这唐突的质疑，武藏一时无言以对。伊织则显出一副只要武藏不给予明确回复，自己就决不祭拜的样子，一面注视着武藏的表情，一面等待答复。

忽然，武藏耳边传来了蝈蝈儿的声音。抬头一看，白天的淡月已映入眼帘。可武藏仍不知该如何回复伊织。

不久，武藏终于说道："即使是十恶不赦之徒，佛道也要拯救。即心即菩提，只要能诚心向菩提，即使是恶逆之徒，佛也会宽恕，更不用说他们在化为白骨之后了。"

"那，忠臣和逆贼，死了以后就会变成一样的东西吗？"

"不一样。"武藏严肃地打上一个句号，"绝不能贸然断定。武士重名，玷污了名声的武士永世都不会得救。"

"那佛祖为什么还要说恶人和忠臣是一样的东西呢？"

"人的本性原本都一样。可是，在名利和欲望的驱使下，有的就变成了逆徒，变成了乱贼。可却并不憎恨，而是通过千万经言劝人们即心即佛，打开菩提之眼，而这一切说的其实都是在活着的时候。人死之后就抓不住救赎之手了，人死即空。"

"这样啊。"伊织显出一副理解了的样子，忽然有力地说道，"可武士不是这样的吧？即使死了也不会成空吧？"

　　"为什么？"

　　"会留下名声啊。"

　　"嗯！"

　　"若是恶名就遗臭万年，若是芳名就流芳百世。就算化为白骨也一样。"

　　"可是……"武藏怕伊织纯真的知识欲会陷入片面的歧途，补充道，"可是，那些武士心中还有一种叫作仁慈的东西。不懂得仁慈的武士，就如同没有月亮和花香的荒野。若只是武艺高强，就跟前天晚上的暴风雨没什么两样了。若每天只顾修炼剑法，埋头于此道，就更需要仁慈之心。"

　　此时的伊织已经沉默下来，默默地为土中的白骨供上花，虔诚地并起了双掌。

鼓槌

一

像蚂蚁一样的人影从秩父的山麓连绵不断地往上攀登，一度全部消失在环绕在山周围的密云里。不久后，这些人又从山顶的三峰神社现出身来。仰望天空，一朵云彩也没有。

这里是横跨坂东四国，直通云取、白石、妙法岳三山的天上街市。紧挨着神社佛阁的堂塔门屋一带形成了一片闹市，其中既有寺院别当的官邸、神社神主的住宅，还有土产店、参拜茶店。也有一些神领百姓的住家，虽然零散，可至少也有七十户。

"啊，大鼓响了。"从昨夜起便跟武藏一起住在别当的观音院的伊织，慌忙把未吃完的红豆饭扒拉进嘴里，接着便急不可耐地放下筷子，"师父，开始了。"

"神乐吗？"

"快去看吧。"

"昨晚已经看了，我就不去了。你一个人去吧。"

"可昨晚只演奏了两支曲子啊。"

"你急什么，不是说今晚会通宵演出吗？"也难怪，武藏木皿里的红小豆糯米饭还没吃完呢。吃完后一定会去。伊织于是改变了主意，乖乖地说道："今夜也出星星了。"

"是吗？"

"这山上从昨天起就上来了几千人，要是下雨可就惨了。"

武藏觉得他可怜，便说道："那就去看看吧。"

"嗯，去。"伊织顿时跳了起来，率先跑到门口，借来稻草鞋放好。

无论是别当寺院前面，还是山门的两侧，全都熊熊燃着大堆篝火。寺前闹市的各家各户也都在门口插着火把，照得几千尺的山顶亮如白昼。银河在如湖水一样的深色天空中朦胧闪烁，人们在璀璨的星光和火光的映照下也变得朦胧，纷纷围绕着神乐殿舞动，完全忘记了山上的寒冷。

"哎？"伊织一面在人群中挤来挤去，一面骨碌骨碌转着眼睛东张西望，"师父去哪儿了？刚才明明还在啊。"

笛声和鼓声在山风中回响，人群也不断拥到这里，可神乐殿只是寂然地摇曳着灯影和帷幕，没有舞者出现。

"师父……"伊织在人流中钻来钻去，终于发现了武藏的身影。原来武藏正仰视着挂在前面佛堂梁柱上的捐赠牌。伊织便跑了过去。"师父。"可即使拉拉袖子，武藏也仍在默默地凝望。

在众多捐赠牌中，有一个捐赠金额特别大，木牌也比其他的大一倍。上面的内容完全吸引了武藏的眼睛："武州芝浦村奈良井屋大藏"。

若说这奈良井的大藏，不正是数年前武藏从木曾一路寻到诹访，不知寻找了多久的那个人吗？听说他带着走失的城太郎去他国旅行了。

"武州的芝浦？"这地方不也位于直到前一阵子自己还一直在住的江户吗？如今偶然看到这大藏的名字，让武藏茫然地想起了分别已久之人。

二

武藏平日里并未忘记城太郎。伴随着伊织一天天成长，武藏也偶然会想起来。"三年多了，如梦一样。"武藏在心里数着城太郎的年龄。这时，神乐殿的大鼓忽然高鸣，武藏这才回过神。"啊，已经舞起来了。"

伊织的心早就飞到了那边。"师父，看什么呢？"

"没看什么。伊织，你先一个人看神乐吧，我想起点事来，随后就去。"说着，武藏将伊织打发走，一个人朝神社办事处的方向走去。

"我想打听一下捐赠者的事。"

听他这么一说，对方便答道："这里并不办理，我带您到别当的总衙门去吧。"

有些耳背的老神官在前头带路。只见入口处挂着一个森严的牌子，上写"总别当高云寺平等坊"，里面还能看见宝库的白壁。看来，这里便是处理神佛诸事的总衙门了。老神官在门口絮絮叨叨地说了半天。不久，役僧便非常郑重地把武藏引到里面。"请。"

茶端了上来，精美的点心也奉了上来，不一会儿则上了第二份副菜，还有俊俏的稚儿僧拿来酒壶侍奉。

不久，一位权僧正现身。"欢迎来到敝山。只有山菜不成敬意，请随意。"他殷勤地说道。

奇怪啊。武藏觉得情形有些不对，所以连酒杯都没碰一下便说道："实际上，在下是前来打听一个捐赠者的。"

"哎？"这位五十岁上下的肥胖的权僧正顿时瞪大了眼睛，"打听？"他惊讶不已，眼色也顿时变得毫不客气，骨碌骨碌地上下打量起武藏来。

当武藏接连问起那捐赠牌中的武州芝浦村奈良井大藏是何日登山，是经常来还是偶尔，是独自一人还是带着一名同伴等诸多问题的时候，权僧正终于变得极不高兴，说道："怎么，原来你并不是前来捐献，而是来打听捐赠者来历的？"也不知是老神官听错了，还是这位权僧正自以为是，总之他一脸恼怒，就差没说那句"岂有此理"了。

"或许是听错了吧，在下并没有说要捐赠，而是要打听一下奈良井大藏其人——"

话未说完，权僧便道："既然这样，在门口说清楚不就行了。我看你倒像是一介浪人。我们从不对来路不明者透露半点捐赠者的信息，否则会招惹麻烦。"

"不会的。"

"我看你还是去问问役僧怎么说吧。"仿佛亏了钱似的，说罢，权僧正拂袖而去。

三

役僧找出捐赠者的账簿，敷衍了事地查看了一下，冷淡地说道："这里也没有详细记载，似乎曾数次参拜敝山啊。至于随行者有多大，我们就不清楚了。"

尽管如此，武藏仍致谢道："给您添麻烦了。"便来到外面。他到神乐殿前寻找伊织，发现伊织正在人群后面。由于个子矮，他干脆爬到树上，正坐在树梢上看得起劲，连武藏来到树下都不知道。

武藏抬眼一看，只见黑色扁柏搭成的舞台上垂着五色帷幕，绕在四周的稻草绳随山风舞动，院内篝火的火星不时飞过眼前。

武藏不知不觉间跟伊织一起看起了神乐。他也有过跟伊织同样的日子。故乡的赞甘神社的夜祭似乎跟这里差不多。在拥挤的人群中，既有阿通那白皙的面孔，也有吃着东西的又八，还有走动的权权，以及因担心武藏回去迟了而四处探寻的母亲那彷徨的身影。儿时的幻影如今又一幕幕浮现在眼前。

坐在舞台上架笛执琴、展现古雅的近卫舍人风采的神乐师的那奇怪衣裳和金线织花的锦缎，再加上院内篝火的火光，恍惚间将人们拉进了那遥远的神话时代。

舒缓的大鼓声在四周的杉树丛中震荡，笛子和太鼓的曲调随之悠扬地传来。舞台上，只见神乐司的统领正戴着神代人的假面，假面的脸颊和下巴上的漆已经脱落。他一面款款舞动，一面唱道："神垣神山上，枝繁叶又茂，在神御前，欣欣向荣，欣欣向荣。"

统领唱罢一曲，舍人们又加入段拍、叠拍，并合起乐器来，于是，舞、乐、歌终于描绘出一曲快旋律："皇神御山之禅杖，祈祷山人千千岁，英明的禅杖，英明的禅杖。"又唱，"这是何处矛，直凌云霄，是丰冈姬宫的神矛，神宫的神矛。"

神乐歌中，有几首武藏小时候也曾唱过，因而眼前的场景不禁让他回忆起自己戴着假面在故乡的赞甘神社神乐堂前又唱又舞的情形。

"在神御前，供一太刀，保四方百姓，国泰又民安。"

武藏倾听着歌词，凝视着坐在太鼓席上击鼓的舍人的手，忽然忘情地大喊起来："啊，就是它！二刀！"

四

"咦，是师父啊。"伊织忽然被武藏的喊声吓了一跳，从树杈上往下一望。

武藏却连头都没抬，虽然眼睛凝视着神乐殿的地板，可神情与周围陶醉于舞乐的人完全不同，显得很可怕。

"唔……二刀，二刀，跟二刀是一样的道理。鼓槌虽有两个，声音却始终唯一。"武藏凝然望着，虽然紧抱的胳膊仍未松开，多年来困扰心头的一个心结却已然解开。

这便是二刀的刀法。

人生来有两只手，可持刀时，人却只用一只。所有人都是这样的习惯，这倒还没什么，可如果是两手把双刀对阵只手把单刀，单刀的一方又会如何呢？

至于实例，武藏早已有所体验。那便是自己在一乘寺垂松的战斗中一人力敌吉冈多人时的经历。战斗结束时他才意识到，自己竟是两只手持刀作战，右手持大刀，左手持小刀。但那只不过是本能使然，是两只手下意识地使出所有力气来保护自己，是人在生死攸关时的必然选择。即使在大军对大军的合战时，也不可能有放着两翼兵力不用的迎敌兵法，更何况是一个个体。人的日常生活习惯便是如此，不自然也会在不知不觉中变得自然，变得理所当然。

二刀法真的存在，而且反倒是最自然的。自那以来，武藏便一直坚信如此。可是日常生活天天有，生死险境一生却不会遇到几次。刀的极致之道就在于将生死的要义日常化，这不是下意识，而是有意识的行为。而且，这种意识会在下意识间自由发挥出来。

二刀法必须是这样。武藏一直在思考这个问题，他想把这种理念化为自己的信念，抓住二刀法的根本原理。而就在刚才，他竟恍然大悟。在神乐殿上击打太鼓的舍人那两只握着鼓槌的手，让他猛然间悟出了二刀法的原理。

击鼓的鼓槌虽是两个，可发出的声音只有一个。而且，左与右，右与左，既有意，亦无意，完全是一种自由之境。武藏只觉得豁然开朗。

五场神乐是从统领的歌词开始的，可不知不觉间舞者也加入进来，粗犷的岩户神乐也开始表演，随着荒尊的矛舞，快节奏的笛子啁啾动听，铃声也是那么铿锵悦耳。

"伊织，还看吗？"武藏望着树梢说道。

"看。"伊织心不在焉地答道。他的魂早被神乐舞勾去，仿佛自己也成了一名舞者。

"明天还要爬山到里面的寺院呢。快回去吧，别太晚了。"说完，武藏便一个人朝别当的观音院方向走去。

这时，他的身后忽然出现了一个男人的身影，手牵一条大黑犬悄悄地跟踪他。看到他走进观音院，男人这才回过头，"喂，喂"地朝黑暗中小声招呼起来。

魔之眷属

一

据传，犬乃是三峰的使者，所以在这一带的山上，人们都称其为神之眷属。参拜者下山时之所以要买一些犬的护符、木雕、陶器等，原因便在这里。而且这山上也有很多真犬，虽然被人饲养，受人崇拜，可由于是在山里，仍不免要猎食一些自然生物，所以仍是一群尚未脱掉山犬本质的长着獠牙的畜类。

据说，这些眷属的祖先是由两种犬杂交而生的一种猛犬。一种是一千多年前随大批渡海来武藏野的高丽人迁来的犬，另一种则是更早以前就在秩父山上的纯坂东种山犬。

这些且不说。此刻，一直跟在武藏身后尾随到观音院的这名男子手里就用麻绳拴着一条犬。只见男子朝黑暗中一招手，牛犊般的黑犬也朝着黑暗的四周哼哼起来，大概是嗅到了熟悉之人的气味。

"嘘。"狗主人收收绳子，抽了下摇尾的狗屁股。

这名狗主人也长了一副不次于狰犬的狰狞面孔，脸上刻着深深的皱纹，年纪有五十岁上下，粗大的骨架里透着一股年轻，不，甚至连年轻人都少有的精悍。个子有五尺左右，四肢的关节上到处都透着逼人的弹力和斗志。可以说，这狗主人也跟他所牵的狗一样，仍未完全退掉野性，大概仍介于野兽和家畜之间的过渡期，是一个山武士。

不过，由于是山寺之人，衣饰倒也还齐整。一件看似背心，又似整身礼服，还似和服外褂的衣服上系着腰带，下身则穿着麻质裙裤，脚穿祭祀时的新木屐，木屐带则是纸捻的。

"梅轩先生。"从黑暗中悄悄靠过来的女人说道。由于狗老想去咬女人的衣摆，女人只能保持一定的距离。

"狗东西！"梅轩用绳头稍用力地抽了下狗头，"阿甲……好眼力。"

"果然是那家伙吧？"

"嗯，是武藏。"

二人便不再作声，一同抬眼望着云缝里的星星。神乐殿的快节奏表演正在黑杉树丛后面如火如荼地上演。

"怎么办？"

"必须除掉他。"

"难得他主动送到这山里来。"

"对，决不能让他囫囵着回去。"

阿甲频频使着眼色，唆使梅轩下决心，但梅轩难以做到。他眼睛深处分明闪烁着一种顾虑，那是害怕的眼神。

不久，他才问道："藤次在吗？"

"唉，喝祭酒喝醉了，傍晚时就在店里睡下了。"

"那，你先把他叫起来。"

"你呢？"

"我还有要务在身。等巡视完宝库办完事，我就去。"

"那，去我家？"

"嗯，去你的店里。"

于是，两个身影分别消失在不时有篝火闪过的黑暗中。

二

一出山门，阿甲便一路小跑。门前町有二三十户，多数都是土产店和休闲茶屋。也有一些小餐馆，飘来的酒菜香味中不时夹杂着食客的喧闹声。她所说的家也是其中之一，泥地房里摆着长凳，门前写着"敬请休息"四个字。

"我家那口子呢？"一回来，她便立刻朝趴在长凳上打盹的雇来的小女仆问道，"一直在睡吗？"

小女仆以为阿甲是在骂自己，连连摇头。

"我问的不是你。是我家那口子。"

"啊，老爷啊，老爷还在睡呢。"

"啧啧，你看看。"阿甲咂着嘴，"好容易赶上这祭典，人家都在忙活，只有我家这口子如此浑浑噩噩，真是的。"她说着，环顾起昏暗的房间来。

临街的门口处，雇用的男仆和老婆子正在泥灶前煮着明天的红小豆饭。红红的火焰在炉膛里跳跃。

"喂，当家的。"阿甲在一张长凳上看到一个呼呼大睡的身影，立刻走过去，轻轻晃起对方的肩膀来，"喂，睁开眼醒醒。你也真是的。"

"什么事？"睡觉的男子蓦地起来。

"咦？"阿甲往后一退，惊愕地打量着男人的脸。对方竟不是她的丈夫藤次，而是一个圆脸大眼的乡下年轻人。忽然被一个陌生女人晃起来，年轻人眼睛直直地瞪着阿甲。

"呵呵呵。"阿甲假笑了一声，掩饰着自己的冒失，"原来是客官啊，对不起了。"

乡下年轻人捡起滑落在长凳下面的席子盖在脸上，又默默地睡了过去。木枕前放着用过的碗盘，从草席一角露出来的双脚上则系着沾满土的草鞋，墙边放着旅包、斗笠和一根圆木杖。

"那年轻人是客人吗？"阿甲问小女仆。

"是。他说睡一觉后就去后面的寺院，请求在这儿睡一会儿，于是我就借给他木枕用了。"小女仆说道。

"那为什么不早跟我说一声，害得我把他当成了我家那死鬼。我家那死鬼到底在哪儿——"

还没等阿甲说完，一只脚便从一旁破旧的隔扇里伸到了泥地上。横躺在席地上的藤次说道："没长眼啊，连我在这儿都看不到。先说说你自己吧，不在这儿看着店，又跑到哪儿瞎逛去了？"藤次发出睡醒后不甚愉快的声音，随即起身。

当然，这名男子便是那曾经的祇园藤次，如今他已完全变了样。不过，跟他孽缘未断、生活在一起的阿甲也没有了往日的姿色，变成了一个黄脸婆。

藤次懒惰，女人不做事自然就生活不下去。在和田岭上靠那悬在半空的小屋打劫中山道上过往旅客来满足欲望的时候还算可以，可由于后来连贼窝都被武藏烧了，原先的手下们也一哄而散。如今，藤次只有在冬季打点猎来糊口，阿甲则成了这家"御犬茶屋"的老板娘。

三

大概是没睡好的缘故吧，藤次的眼睛仍有些发红。他起身走到泥地房里的水缸前，用勺子咕咚咕咚地喝着，解起酒来。

阿甲一只手支在长凳上，斜着身子回头说道："再怎么是祭典，喝起酒来也不能这么没数啊。命都快没了还不知道，居然没在外面被人砍死。你也太不小心了。"

"到底出什么事了？"

"武藏来这儿的祭典了，你还不知道？"

"哎，武藏？就是那个宫本武藏？"

"那还能有谁啊。从昨天开始，人家就住在别当的观音院了。"

"真、真的？"比起那满缸的凉水，还是"武藏"二字管用，藤次顿时清醒过来，"那可不好了。阿甲，那家伙下山之前，你最好也别来店里了。"

"怎么，你的意思是听到武藏二字就要躲起来？"

"那也用不着重蹈和田岭的覆辙吧。"

"胆小鬼。"阿甲冷笑一声，"莫说和田岭那次了，武藏跟你自从在京都与吉冈结怨以来，不就是不共戴天的仇人吗？连我这个女人都被他反绑了双手，眼睁睁看着住惯了的小屋被他烧毁，当时的仇恨，我一辈子也忘不了。"

"可是……当时还有很多手下啊。"藤次知道自己那两下子。一乘寺垂松激战时，他虽未加入战阵，可后来从吉冈的残党口中听说了武藏的本事。在和田岭，他也亲自领教了武藏的厉害，所以他清楚自己根本就没有一丝胜算。

"所以，"阿甲凑过来说道，"光你一个人，也的确是为难你，但这山上不是还有一个人与武藏有深仇大恨吗？"

经她一提醒，藤次也想了起来。她说的那个人，无疑就是山寺总务所高云寺平等坊的武僧，负责总务所宝库警卫任务的宍户梅轩。自己能够在这里开茶屋，也是完全托梅轩的照顾。而自己被赶出和田岭，四处流浪后在这秩父与梅轩结识也算是一种缘分。

后来，随着相互间逐渐熟悉，变得无话不谈，他们这才知道了梅轩的经历。梅轩曾住在伊势铃鹿山的安浓乡，手下也一度有不少野武士，一直趁战国之乱以打劫为生。后来世道太平了，便在伊贺的山坳里化为百姓，做了一名铁匠。可随着领主藤堂家藩政的统一，就连这样都混不下去了，于是他解散了时代的遗物——野武士集团，一个人到江户寻求发展，可江户也没有什么合适的机会。后来碰巧在一个与三峰有交情之人的介绍下，他被这里的总务所雇用，看守起这里的宝库来。由于比此地更深的武甲深山里仍有一些比野武士更凶悍的人带着武器盘踞，为了以毒攻毒，他便成了看护这里宝库的不二人选。

四

宝库里不光有神社和寺院的宝物，还有捐赠者捐献的现金。在这山中，宝库时常受到山贼的威胁。作为这宝库的守卫，宍户梅轩实在是不二人选。他熟悉野武士和山贼的习性和袭击特点，更重要的是，他还是宍户八重垣流锁镰的高手，在锁镰功夫方面堪称天下无敌的高人。

若不是他那做贼的前科，他也早该是拥有主公之人了。他的血统实在太黑，亲哥哥辻风典马也是在伊吹山到野洲川一带为害乡里、终生都在血腥中猖狂的野盗头目。这辻风典马之死已经是十年以前，当时的武藏仍未改名，正值关原乱后之际，就在伊吹山下的原野里，辻风典马被武藏用木刀打得吐血而死。

宍户梅轩并不认为自己没落的原因在于时代的推移，而一直认为哥哥的死才是他霉运的开始。因此，他对武藏恨之入骨。后来在伊势路的旅途中，二人在安浓的山乡不期而遇。梅轩于是设下圈套，欲置武藏于死地。不料武藏却死里逃生，销声匿迹。自那以来，梅轩便再也没有看到过武藏的身影。

阿甲曾数次听他谈及此事，同时也把自己的遭遇透露给他。为了加深与梅轩的亲密关系，她总是极力煽动梅轩对武藏的怨恨。每当这时，梅轩深埋在皱纹中的眼睛便总是透着杀气，喃喃自语："走着瞧。此仇不报，我誓不为人。"

因此，对于武藏来说，此山恐怕是再危险不过的诅咒之山了，可武藏偏偏带着伊织于昨日爬了上来。

阿甲无意间从店里瞥见了武藏的身影，心里当时就咯噔一下，可转瞬间那人影就消失在祭典的杂乱人群里。她想与藤次商量，可藤次总是去吃酒。阿甲放心不下，就趁着傍晚的空当到别当门口窥探，正巧看到武藏和伊织朝神乐殿方向走去，终于确定是武藏无疑。于是她去总务所叫出梅轩，梅轩便牵着狗一直尾随武藏，直到武藏进入观音院。

"唔……原来如此。"藤次听了，终于有了些底气。既然梅轩愿意介入，那就略微有些胜算了。于是，前年的一段记忆又浮现在他脑海。在三峰祭祀神佛时举行的比赛上，梅轩曾使出八重垣流的锁镰秘技，几乎横扫坂东的武者。

"那你早把这件事吹进梅轩先生的耳朵了？"

"他说，完事之后就来这里，"

“来密谋？”

“那还用说。”

“可对手毕竟是武藏啊。这次可得好好合计一下……”藤次颤抖着，不觉大声起来。

阿甲十分警惕，连忙回头望望昏暗的房间角落。那盖着草席趴在长凳上的乡下年轻人，从刚才起就已睡得鼾声如雷。

“嘘……”

“啊！有人？”经阿甲一提醒，藤次这才连忙捂住嘴巴。

五

“谁？”

“说是客人。”阿甲并不在意。

藤次却皱起眉来说道：“快叫起来撵走。而且宍户先生也快来了。”

再没有比这更重要的了。阿甲立刻吩咐小女仆撵人。小女仆便走到长凳前，晃起仍在打鼾的年轻人，然后拉下脸说已经到打烊的时间了，让他快出去。

“啊，睡得可真香！”年轻人于是伸伸懒腰，从泥地上起身。从旅装和口音来看，此人似乎不是附近的百姓。只见他一起来便微笑着眨巴眨巴大眼睛，骨碌一转那充满活力的年轻身体，眨眼间便披上草席，拿起斗笠，抱起挂杖，将旅行包袱绕在脖子上。"打扰了。"他身行一礼便朝外走去。

"他付茶钱了吗？真是个奇怪的家伙。"阿甲回头吩咐小女仆道，"快把长凳收起来。"说着，她和藤次也都卷起苇帘，收拾起店铺来。

就在这时，一条牛犊般的黑犬慢腾腾地钻了进来。梅轩的身影当然紧随其后。

"哦，你来了。里面请。"

梅轩默默地脱下草履。黑犬则忙着寻觅掉落在地上的食物。

旁边有几间下房，虽然是粗墙陋檐，却也架着木板走廊。不久，灯火便在其中的一间亮了起来。梅轩一坐下便说道："听武藏刚才在神乐堂前跟同行的小孩说话的意思，他们明天似乎要去内殿。为了先行确认一下，我就悄悄溜到观音院探查了一番，所以就来晚了。"

"武藏明早要去内殿？"阿甲和藤次都吃了一惊，不觉隔着屋檐望望矗立在星空中大岳那黑黢黢的影子。

若用寻常的方式是打不过武藏的，这一点梅轩比藤次还清楚。宝库的看守人，除了他还有两名身强力壮的僧人。另有一名同样为吉冈残党的男子，在这神领的地盘上建了一处小小的道场，教授村落中的年轻人。如果再凑一下，还有一些从伊贺追随自己而来的野武士，虽然现已改做他行，但至少很快就能凑到十人以上。

藤次只须带上惯用的火枪就行，梅轩则早已备好了拿手的锁镰。其他两名看守宝库的僧人也应该带上矛头先出去了。"我又尽量叫了一些帮手，天亮之前也会在通往大岳途中的小猿泽谷川桥与我们会合，如此一来就可确保万无一失了。"只听梅轩如此说道。

藤次非常吃惊，不禁现出怀疑的眼神。"哎？你连这些都安排好了？"

梅轩不禁苦笑。藤次只把梅轩看成寻常寺僧，当然会很意外。不过，若是从他的前身，即辻风典马的弟弟黄平的身份来看，这点小事，简直如一头刚睡醒的野猪嗖的一下窜过一丛山草一样简单。

八重垣红叶

一

雾仍很浓，渺小的残月高悬在山谷之上，大岳正在沉睡。只有流经小猿泽底的流水喧闹不已，忽而淙淙，忽而轰然而下。

谷川桥畔，一群人影正黑黢黢地聚集在浓雾中。"藤次。"只听低低的呼唤声传来，是梅轩的声音。于是，人群中传来同样低低的回答声，是藤次。"不要把火绳弄湿了。"梅轩提醒道。还有两名武僧也混在这透着腾腾杀气的人群中，扎着法衣，手持短矛。剩下的大概就是附近村落的武士和地痞流氓之类，虽然服装杂乱，可看看他们的腿脚，个个都是轻装上阵。

"就这些吗？有多少人？"于是，人影们相互清点起人数来。无论由谁清点，加上自己后都是十三人。

"好……"梅轩又把行动的步骤向众人重复了一遍。众人默默点头，立刻行动起来，从谷川桥直奔山上的羊肠小道，消失在云中。

内殿道距此三十一町——除了在白色残月下微微显露出来的谷川桥断崖旁的里程碑上的文字，就只剩下溪流的水声和空中的风声了。

人群散去之后，一度潜藏起来的兽类又在树梢之间喧闹起来。原来是猴群。从这里到内殿，到处都是数不清的猿猴，有的在滚动山崖上的小石头，有的则抓着藤蔓荡到路上，还有的跑到桥上，躲进桥底，越过溪谷。雾气追逐着猴群，与它们嬉戏。倘若此时能有一个神仙降临，用仙语召唤它们说："你等既然有生，为何还要在这狭隘的山谷里与云儿嬉戏呢？云既起，何不驾云而去。西行三千里，可卧庐山，指峨眉，足浴长江，吸大天之气。该真正享受生命才是。快随我来吧。"或许这里所有的云都会化为猿猴，所有的猿猴也都会化为云，升天而去。猿猴的嬉闹让人浮想联翩。在残月的映照下，浓雾中的每只猿猴看上去都像两只一样。

汪！汪！汪！忽然，狗叫声传来，声音震荡着山谷。仿佛秋风扫落叶一样，猴群瞬间消失得无影无踪。接着又传来清晰的脚步声，原来是梅轩为看守宝库而饲养的黑犬挣断了绳子奔了过来。

"阿黑，阿黑！"从后面追来的是阿甲。

大概是这狗看到梅轩等人去了大岳，才咬断绳子追来的吧。

二

阿甲好歹抓住了牵黑犬的绳头。黑犬被拽住后，立刻便转过硕大的身体，朝她吼叫起来。

"畜生！"她讨厌狗，一面吓唬，一面用绳子抽打，"回去！"

可她刚想要将其拽回，那黑犬却又咧开大嘴狂叫起来。绳子虽已抓住，可以她的力气怎么也拽不动。若是硬拽，那黑犬就会像狼一样狂吠不已。

"干吗非要带这畜生来不可！要是拴在宝库的狗棚里，哪会这么麻烦！"她生起气来。

狗狂吠不已，若是今早离开观音院的武藏提早起程，一定会对这狗叫声产生怀疑。光是这狗在路上转来转去就足够引起他的警惕。

"真拿你没办法。"阿甲无可奈何。黑犬仍在狂叫。"真服了你，那就走吧。不过，到了内殿后，可不要再叫了。"阿甲没办法，只好牵着狗，不，准确地说是被狗牵着，气喘吁吁地往先登山而去的人群身后追去。之后，那狗便再也没有狂叫，大概是兴奋地追着主人的气味去了。

整夜都飘忽不定的雾气像厚厚的积雪一样沉积在山谷里，武甲群山、妙法、白石、云取等山逐渐清晰，通往内殿的山路也白茫茫地显露出来。唧唧，唧唧，唧唧……小鸟的鸣声开始清洗人的耳朵。

"师父，究竟是怎么回事？明明都天亮了，怎么还不见太阳啊？"

"你看的不是西面吗？"

"啊，原来是我搞错了。"不过，伊织却看到了月亮，那是正落向那边山峰的一抹淡月。

"伊织，这山里怎么这么多你的亲友啊。"

"在哪里？"

"那儿。那边也有呢。"

伊织朝武藏指向的山谷里的树上一瞅，只见一群小猴子正围着一只老猴子。"什么乱七八糟的……不过，师父，猴子可真让人羡慕。"

"为何？"

"它们有父母啊。"

山路陡了起来。武藏默默地在前攀登。爬过一段山路后，地势又变得平坦。

"那个，上次寄存在师父那里的钱袋子，也就是我爹的遗物，师父还带在身上吗？"

"掉不了。"

"师父看过里面的东西吗？"

"没看过。"

"里面除了护身符，还有一样写着字的东西呢，有空您看看吧。"

"嗯。"

"从前我带着的时候，还有很多难字我不认识，现在大概认得了。"

"有空你自己打开看吧。"

二人一步步前行，夜空开始泛白。武藏边走边观察着路上的杂草。自己尚未踏足的前方，杂草上的露水早已被行人的足迹弄脏。

三

山路蜿蜒盘旋，不久，二人便来到一处东向的平地。

"啊，日出！"伊织顿时欢呼起来，指给武藏看。

"哦。"武藏的脸也被朝阳染得通红。

眼前是一片云海。坂东的平原，还有甲州、上州的山脉都化为了蓬莱仙岛，漂浮在怒涛中。伊织抿着嘴，一脸凝然地望着太阳。壮丽的景象不禁让少年感动得哑然，都不知道该说什么好。他只觉得浑身的血液跟火红的太阳化为了一体，以至于他甚至把自己当成了"太阳之子"。不过，他的感动与人类精神并未完全重合到一起。

因此，他仍默默地出神地望着，却突然大喊："天照大神！"同时回过头来望着武藏，"对吧，师父？"

"对。"

伊织高举起双手，十指对着太阳，大喊道："太阳的血和我的血是同一种颜色！"他击掌合十，俯身下拜，心中默念着：猴子有父母，我却没有；猴子没有大神祖，我却有！

默念间，一股欢愉之情顿时充满心中，眼泪也随之滚落。这痛楚竟不禁让伊织的手脚舞动，昨晚的岩户神乐竟从云的那边穿进他的耳朵。

"嗒唧、噎、噎、噎……咚咚、咚……"他不禁捡起一节小竹枝，舞了起来，"梓弓啊梓弓，每当春天降临时，在皇神的丰明宴会上，便可一睹尊荣，便可一睹尊荣。"伊织陷入了陶醉，一回过神来，发现武藏早已远去，这才慌忙追赶起来。

道路又往密林里钻去。大概快到参道了吧，两边的树木井然有序。粗壮的树干上覆盖着厚厚的苔藓，上面绽满了白花。这些树怎么也得有五百年甚至上千年了吧，伊织感动得甚至连树都要叩拜。脚下的路被山白竹挤得越来越窄，爬山虎火红的叶片分外夺目。树林深处仍很昏暗，仰起头来，清晨的阳光只是微微地透进几缕。

就在这时，二人脚下的大地忽然开始摇动，轰的一声，地动山摇之感随之传来。

"啊！"伊织慌忙捂住耳朵，趴在山白竹里。

"啊！"一声恐怖的惨叫随之从飘散着弹烟的树后传来，有如动物临死前的惨叫。

四

"伊织，别起来！"武藏从杉树后朝着头已钻进山白竹里的伊织喊道，"就是被踩到也别起来！"

伊织连回答声都没有。硝烟如薄雾一般漫过伊织的后背朝远处飘去。远处的树、武藏旁边的树以及路前路后，所有东西后面都潜伏着枪穗或利刃。

潜伏的人们一时找不到武藏的身影，纳闷不已。而且他们大概也在确认火枪的效果，所以并没有搜查，而是观望了一会儿。

虽然刚才那声"啊"的惨叫像是武藏被击中后的反应，但武藏刚才所待的位置附近却没有人倒下，这无疑也让他们疑惑。

随着火枪声起，山白竹中只有伊织像只小熊一样露出屁股。所有的眼睛都看到了，伊织已完全置身于四面的视线和利刃之中。别起来——虽然他恍惚记得刚才有人这么提醒他，可迫近毛孔的恐惧和震撼鼓膜后瞬间的死寂，还是让他不由得抬起头来，藏在旁边巨大杉树后的一把太刀顿时像蟒蛇一样闪现在他眼前。

他立刻忘记了一切，尖叫起来："师、师父，那儿藏着人！"接着一下跳了起来，拼命想跑。

"兔崽子！"紧接着，他刚看见的太刀顿时从树后飞出，像恶鬼一样朝他挥来。

啪！就在这时，一把小刀忽然扎向来人的侧脸。不用说，自然是武藏因无暇扑救而掷过来的小刀。

"唔！浑蛋！"话音未落，一名和尚已刺过枪来。武藏立刻用左手一把抓住枪，而右手在投出小刀后仍完全空着，以备下一波攻击。由于重重的树木遮住了敌人，让他难以辨别敌人的数量，不敢轻举妄动。

"啊！"这时，仿佛挨了一石头似的，某处又传来一声凄厉的惨叫。令人意外的是，对方似乎发生了倒戈，开始了惨烈的格斗，而且与武藏毫无关系。

"咦？"武藏循声望去。一瞬间，觊觎他已久的另一名和尚顿时连枪带人向他猛扑过来。

"嗨！"武藏把枪拽到肋下。

用枪夹住他身体的两名和尚顿时大喊起来："上啊！都干什么呢！"

武藏的声音却立刻盖过这二人："什么人？是什么人要暗害我武藏！报上名来！否则就休怪我把你们全当敌人。我本不想玷污这圣地，可若你们欺人太甚，我就让你们尸体成山！"

说着，武藏一抡抓住的两杆枪，两个和尚顿时被扔了出去。他飞身跃起，拔刀的一瞬已斩杀一人，接着一个翻身，又迎向拔刀相向的三名歹人。

五

路很窄，武藏在路上步步紧逼。端着白刃的三人和从一旁加入的二人全都耸着肩膀，步步后退。令武藏担心的是看不见伊织的影子，而他对当前的敌人仅止于防御而已。

"伊织！"他试着喊了一声。无意间一抬头，只见杉林中有一人正被人追赶，正是伊织。原来是刚才漏网的另一名和尚捡起了枪，正在追赶伊织。

"啊！救命！"

武藏正要抽身搭救，对面的五人并起利刃斩杀过来。"哪里走！"武藏立刻如疾风一般迎向利刃。霎时间一阵惊涛骇浪，血花飞溅。武藏低着身子杀向敌人，脊背有如一道旋涡。鲜血的喷溅声，刀斩肉躯的声音，甚至还有斩断骨头的恐怖声接连传来，其中还夹杂着两三声惨叫，令人毛骨悚然。尸骸全被拦腰斩断，像朽木一样倒向左右两边。武藏正右手握着大刀，左手握着小刀迎战。

"哇！"这时，有两人踉跄着开始逃跑。

"哪里逃！"话音未落，武藏已一个箭步追上去，左刀斩向一人的头后部。噗！暗红色的血顿时喷向武藏的眼睛。武藏不由得用左手挡住眼睛。就在这时，一种异样的金属声带着风声从后面朝脸上扑来。啊！他的右刀无意间向其一挡。这一动作纯粹是下意识的反应，可就在同时，刀的护手附近却噌的一下被金属块缠住。

完了！武藏暗呼一声，刀身和细长的锁链已经紧紧地拧成了一条绳子。

"武藏！"宍户梅轩握着镰刀，将带金属块的锁链紧紧缠绕在武藏的刀上，拽着链子说道，"你还认得我吗？"

"哦？"武藏抬头一看，"你是铃鹿山的梅轩吧。"

"辻风典马的弟弟。"

"啊，果然。"

"你不请自来，这是你劫数已到。我的亡兄正在针山和地狱里召唤你呢，快去吧！"

缠在武藏刀上的链子怎么也不松开。接着，梅轩开始慢慢收回链子。不用说，这是为接下来抛出手中的利镰而做的准备。对于镰刀，武藏仍可以用左手的小刀来应对。倘若只有右手的大刀，此时的他恐怕已无任何防身之物了。

"嗨！"梅轩的喉咙猛地膨胀，胀得几乎跟脸一样粗。就在用尽浑身力气挤出这一声的同时，链子已将武藏连人带刀拽了过来。他的身体也逼近链子。

六

难道武藏今天要犯下终生的错误？对于锁镰这种武器，武藏并非没有见过。曾几何时，在安浓的铁匠铺里，这宍户梅轩的妻子也用实物向武藏演示过宍户八重垣流的镰法，一度让武藏看得入迷，连连佩服。他甚至想，连妻子都如此娴熟，那丈夫梅轩的技艺可想而知。同时，他也意识到了这种罕见的、天下鲜有人使用的特殊武器的恐怖。

对于锁镰的知识，就在今天以前，武藏还一直以为自己已经掌握。可一旦到了性命攸关的时刻，这种知识却毫无用处。当武藏意识到这一点时，自己早已被锁镰的恐怖性能俘虏。而且他还无法只应对梅轩一个人，因为身后也有敌人逼过来。

梅轩很得意。他一面收紧链子，一面露出牙齿狞笑。武藏知道自己必须放弃被链子缠住的大刀，但他得寻找机会。"嗨！"接着，第二声叫喊又从梅轩的嘴里鼓出，左手的镰刀朝武藏飞来。

"哦！"武藏右手离刀。

镰刀顿时从头顶呼啸飞过，可镰刀刚一消失，金属块又飞了过来。金属块刚一打空，镰刀又接踵而至。两者轮番袭向武藏，无论躲闪哪一样都极其危险。因为躲开镰刀的一瞬间，金属块正好可以砸过来。

武藏只好闪躲腾挪，不断变换位置，而且还得以极快的速度，并提防不断朝身后逼来的其他敌人。莫非我要落败？他的五体逐渐僵硬。这不是有意识的，而是本能使然。皮肤和肌肉本能地开始搏命，甚至连汗都没空淌，全身的毛发都竖了起来。

对付镰刀和金属块的最好战法便是以树为盾牌，可是武藏连靠近树的空隙都没有，更何况树后还有敌人。

就在这时，某处又传来一声清晰的惨叫："啊！"

"伊织？"武藏无法回头，只在心底为伊织祈福。即使在这一瞬，镰刀仍不停地闪过脸前，金属块也呼啸而来。

"去死吧！"这怪喊并不是梅轩的，当然也不是武藏的，而是有人在武藏身后如此大喊了一声，"武藏先生，武藏先生，何必跟这等鼠辈费事！这后面的就交给在下吧！"

接着，只听同一个声音又骂道："去死吧，畜生！"

地动声、惨叫声以及踩烂山白竹的脚步声混在一起。从刚才起就在另一处帮助武藏的人终于击溃了隔在中间的对手，驰援到武藏身后。

七

谁？武藏猜测着。自己身后这意外的朋友究竟是谁？可是他连确认这些的时间都没有。他对身后放下心来，终于可以专心地对付前方的梅轩。可是他的手里只剩一把小刀，大刀已经被梅轩的链子叼走。只要他往前一逼，梅轩便立刻机警地往后一跳。

对梅轩来说，最重要的便是保持自己与敌人间的距离。镰刀与金属块之间链子的长度，便是他的武器的长度。而对于武藏，比这距离远一尺也行，再近一尺也无不可，可是梅轩并不允许。

武藏不禁为梅轩的秘技咋舌。仿佛面临一座固若金汤的城池，他体会到久攻不破的疲劳。不过，在对战的过程中，武藏还是看破了他这秘技的核心。因为这跟二刀流完全是一个原理，链子虽是一根，但金属块便是右刀，镰刀则是左刀，而且对方将二者运用自如。

"领教了！八重垣流！"武藏忽然大喊一声，声音中已透着胜利的信念。就在金属块飞来的一瞬，他一下子后跳了五尺，握在右手的小刀嗖的一下朝敌人抛了过去。而梅轩正是追扑过来的姿势，面对突然飞来的小刀，他无一物可挡。

啊！梅轩不禁一转身。小刀刺空，扎在了远处的树干上。可是由于突然间转身，链子竟一下子在他自己身上缠了一圈。

"啊！"悲壮的声音刚从梅轩口中喊出，武藏已经像个铁球一样向梅轩扑去。梅轩刚要去抓刀柄，武藏的手早已打在他的小臂上，他没握住的刀柄已然被握在武藏手里。

可惜——武藏默念一句的同时，已经用梅轩的大刀将梅轩一劈两半。由于是从离护手七八寸的地方砍下去的，刀刃有如劈开树木的惊雷，从脑袋一直劈到了肋骨处。

"啊……"仿佛在配合武藏的气息，身后一人顿时感叹起来，"一劈两半，我还是第一次看见呢。"

武藏回过头来。只见一名乡下年轻人正站在面前，手拄一根四尺左右的圆木杖，宽厚的肩膀、圆圆的脸膛上淌满汗水，正露着白牙冲自己微笑。

"啊……"

"是我。好久不见。"

"这不是木曾的梦想权之助先生吗？"

"很意外吧？我想这大概是三峰大神的撮合吧，也是授给我导母之杖的亡母在天有灵。"

"这么说，令堂她——"

"已经故去了。"

于是，二人漫无边际地谈了起来。

"对了，伊织呢？"武藏立刻探寻起伊织的身影。

权之助说道："请不用担心。我已经把他救下，让他先爬到那边去了。"说着指指头顶的天空。

伊织正在树上用奇怪的眼神注视着二人。这时，杉林的深处忽然传来猛犬汪汪的吠声。"咦？"伊织顿时转动起眼睛。

八

伊织手搭凉棚，从树上寻找猛犬狂吠的地方。只见杉林深处，从林边到沼泽的中途有一小块平地，一条黑犬映入眼帘。黑犬被拴在树上，正咬着旁边一个女人的衣袖。女人拼命想逃，可黑犬就是不撒口。结果衣袖被撕裂，女人于是连滚带爬地在林间跑了起来。而刚才跟梅轩一伙、在杉林中追赶伊织的那名和尚头上仍流着血，正拄着枪当拐杖，跟跟跄跄地走在女人前面，可女人忽然超过那和尚，朝山麓方向奔去。

汪！汪！汪！或许是刚才的血雨腥风让黑犬近乎发狂，回音追着真声，真声逐着回音，阴森森地吠个不停。

正疑惑时，猛犬终于挣断了绳子，像个黑球一样朝女人逃走的方向奔去。正在蹒跚前行的受伤和尚以为狗是来咬自己的，顿时挥起长枪，砰的一下朝狗脸上打去。由于被枪尖打到，黑犬的脸顿时划开了一道小伤口。

呜！黑犬立刻往旁边一拐，跑进了杉林。之后，吠声也听不见了，影子也看不见了。

"师父！"伊织从树上喊道，"那边有个女人逃了！"

"下来，伊织。"

"杉林那边还有一个人，一个负伤的和尚正在逃呢。不追了？"

"算了。"

当伊织从树上下来的时候，武藏已从梦想权之助的口中听完了事情的大致经过。

"既然说有一个女人逃走了，一定就是刚才所说的阿甲了。"

权之助昨晚就睡在她茶屋的长凳上，大概是吉人天相吧，无意间竟把他们今天的企图听了个正着，立刻明白了一切。

武藏深表谢意。"那么，一开始打死那放黑枪的，也是你了？"

"不，不是我，是这木杖。"权之助诙谐地笑道，"即使他们想暗算，也不看看对手是什么人，那可是您呢。如果做得不是太过分，我看看热闹就算了，可没想到他们竟有人拿了火枪。于是我就在黎明前事先绕到这里，潜伏在那人身后，趁他瞄准的时候，从后面一杖将他击毙。"

然后，二人清点了一下死尸的数量，发现被木杖击毙的有七名，遭武藏斩杀的则是五名，木杖击毙的占了多数。

"虽然错并不在我们，可这里毕竟是神领的圣地，也无法就这样甩手走人，所以我想先跟神领的衙门说一声。有关先生自上次以来的事情我很想听听，在下的事情也想跟您聊聊，但咱们还是先回一下观音院，把事情了结了吧。"

可是，还没等他们回到观音院，神领官衙的差役们便已聚集到谷川桥，于是武藏便一人前去报案。差役们多少觉得有些意外，不过还是当场命令手下："给我拿绳子绑了！"

绑了？武藏被这意外的遭遇惊呆了。自己前来报案，反倒被当成了罪犯，简直是莫名其妙。

"走！"

看到自己俨然成了囚犯，武藏大怒，可已然来不及了。光是看看差役们的阵势就已非同小可，而越往前走，汇集而来的差役就越多，更令他惊讶不已。

还没到门前町，武藏四周就已经汇集了百名以上的差役，将五花大绑的武藏围了一二十层，严加戒备，生怕他跑了。

下坡的驮马

一

"别哭，别哭。"权之助把伊织紧紧搂在怀里，生怕他哭出声来，"别哭了。你不是男子汉吗？男人是不哭的。"

听他如此安慰，伊织却说道："正因为是男人……正因为是男人，我才哭呢……师父被抓去了，师父被绑走了。"说着，他挣脱权之助，又咧开大嘴，朝着天空哭了起来。

"武藏先生不是被抓去了，他是去报案了。"尽管嘴上这么安慰，权之助的心里也有些不安。毕竟来到谷川桥的差役们个个杀气腾腾，而且还有十人二十人一组的捕吏严阵以待。对于一个报案者，至于用如此阵势吗？权之助很不解，也充满疑虑。"好了，走吧。"他正要牵起伊织的手。

"我不。您不把师父叫回来我就不走。"伊织摇摇头，似乎还没哭够，在谷川桥边一动不动。

"武藏先生肯定立刻就会回来。你要不走，我可不管你了。"

可是伊织仍未动弹。就在这时，刚才看见的那条猛犬似乎已从杉林一带噬足了鲜血，疾速跑来。"啊，大叔！"伊织顿时朝权之助身旁跑去。

权之助哪里知道，这个小不点曾独自一人居住在旷野里，葬父的时候，由于一个人扛不动尸体，他甚至还磨起刀来，欲把父亲的尸骸劈成两半带走，完全是个无所畏惧的少年。

"累了吧？"权之助安慰道，"吓坏了吧？这也难怪。我背你走吧。"说着，他把后背亮给伊织。

伊织不再哭泣。"嗯。"他撒着娇搂住权之助的后背。

祭典昨晚就结束了，那么多人一夜之间如秋风扫落叶般下山而去，无论是三峰神社里还是门前町，全都冷清下来，只有人群留下的竹皮和纸屑等垃圾在小小的旋风中打转。路过昨晚借长凳睡觉的御犬茶屋时，权之助偷偷往里瞅了瞅，结果背上的伊织说道："大叔，刚才山上的那个女人就在这里。"

"应该在里面。"权之助停下来，说道，"既然连武藏先生都要抓，不先把那个女人抓起来岂不是笑话。"

刚逃回家的阿甲，一回来就把钱物都带在身上，正忙着准备逃跑时，忽然抬头看见站在门口的权之助。"畜生！"她不禁回过头咕哝了一句。

二

权之助背着伊织站在檐下，迎着阿甲那充满怨恨的眼神，笑着回道："准备逃跑啊？"

里面的阿甲忽地站了起来。"真是狗拿耗子多管闲事。对了，我问你，年轻人。"

"哦，什么事？"

"今天早晨，就是你钻了我们的空子，帮了武藏吧？还打死了我丈夫藤次。"

"你们自作自受，我也是迫不得已啊。"

"你给我记着。"

"你想怎样？"

权之助话音未落，背上的伊织也骂了起来："坏蛋！"

阿甲一下了钻进里面，嘲笑道："如果我是坏蛋，那你们就是抢走平等坊宝库的大盗。不，是大盗的手下。"

"什么？"权之助放下背上的伊织，走进店里，"你说我们是盗贼？"

"别装糊涂了。"

"你再说一遍？"

"你马上就会明白的。"

"快说！"权之助一把抓住阿甲的手腕，阿甲却突然拔出藏着的匕首，朝权之助刺来。

木杖就拿在左手里，但却根本就不需要。只见权之助一把夺过匕首，将阿甲推到檐前。

"山上的人啊，都快来啊！抢宝库的同伙——"阿甲从刚才起就说些莫名其妙的话，现在又滚到街上如此叫嚷。

权之助顿时火起，一下子把抢来的匕首向阿甲背上丢去。匕首顿时穿透了她的肺。"啊！"阿甲立刻鲜血涌出，扑倒在地。

这时，也不知刚才那黑犬从哪里蹿了出来，只见它"嗷"的一声扑到阿甲身上，立刻舔舐起伤口处的鲜血来，边舔还边仰起头冲着天空的乌云阴森森地长啸几声。

"啊，那狗眼——"伊织大吃一惊。狗的眼睛已露出发疯的迹象。

不，何止这狗眼。就连这座山上的人，从今天早晨起就全带着类似的眼神，吵吵嚷嚷闹翻了天。

祭典之时，无论白天还是黑夜，这街上都充斥着杂乱的人群、灯火和神乐。在这祭典的混乱中，就在昨晚深夜到今晨，总务所平等坊的宝库竟被洗劫了。事情显然是外部的人干的，虽然宝库内的古刀和古镜之类没有遭劫，可多年积蓄的砂金、金锭和铸币都被洗劫一空。

看来这并不是传言。从刚才起山上就来了大批差役和捕吏，原因或许就在这里。不，更明显的证据是，阿甲刚才只在大街上喊了那么一声，附近的居民就呼啦一下全赶了过来。

"这儿！就在这里面！抢宝库的党徒逃到里面了！"

人们立刻远远围住茶屋，吵嚷间有人拿起家伙，有人则捡起石块往里面扔。由此可见，山上住民的愤慨已是非同寻常。

三

二人沿着山，终于逃了出来，一直跑到从秩父下到人间川的正丸岭上。直到这里，手拿竹枪和打野猪的土炮，追着高喊"抓抢宝库的盗贼同党"的人群才不见了踪影。

权之助和伊织虽然自身已安全，可武藏的安危还不清楚。不，准确地说是越发不安了。现在想来，武藏一定是被错当成了抢宝库的魁首被抓。他因另一个案子去自首，却被阴差阳错地抓进了秩父的大狱。

"大叔，武藏野都快到了，也不知师父怎么样了，还没被差役们释放吗？"

"唔……恐怕被送进了秩父的牢狱，现在正在受苦吧。"

"权之助大叔，您就不能帮我救救师父吗？"

"当然能。他是冤枉的。"

"请您救救师父吧，我求您了。"

"对我权之助来说，武藏先生也如同师父一样。所以就算你不求我，我也会想办法救他的。伊织小兄弟。你还小，跟着我碍事。既然来到这里了，你一个人就能回到武藏野的草庵了吧？"

"啊，回是能回去……"

"那，你一个人先回去。"

"那权之助大叔呢？"

"我要返回秩父的街市，打探一下武藏先生的情况再说。如果衙门不讲理，一直把武藏先生关在牢里，强加罪名，我就是去劫狱，也要把他救出来。"说着，权之助把木杖往地上一戳。

伊织早就见识了那木杖的威力，二话不说便点点头，答应就此与权之助分手，独自回武藏野的草庵。

"真乖，真乖。"权之助夸奖道，"你要乖乖地在草庵里等着，直到我平安地救出武藏先生，一起回来。"叮嘱完后，他把木杖重新夹在腋下，再次朝秩父方向走去。

于是，又只剩下伊织一个人。但他并不觉得寂寞。他本来就是在旷野中长大的野孩子，而且是按去三峰神社时的原路返回，根本就不用担心迷路。只是他实在困极了，昨晚沿着山路连夜逃到这里，一路上完全没合眼。虽然吃了些栗子、蘑菇、鸟肉之类，可在赶到这山岭之前，他哪里还有空打盹。不过一旦沐浴着秋日的暖阳，默默地前行，他便不由自主地犯困。终于在走到坡下后，他再也坚持不住，一下子钻进路旁的草中睡了过去。

伊织正好躺在一座石佛像后面。不久，当照在石佛上的夕阳暗淡下来时，前面忽然传来了窃窃私语声。伊织一下子睁开眼睛，又意识到一旦贸然逃出肯定会惊动说话人，便继续装作昏睡。

四

只见一人坐在石头上，另一人则坐在木桩上，似乎休息了一会儿。稍远一点的树上拴着两匹驮马，大概是两个人骑的。马鞍两侧驮着两个漆桶，一边的漆桶上还有一个签，上面写着"西丸筑城御用　野洲漆业"。

从这签来看，这两名武士不是改建江户城的木工手下，就是漆奉行的手下。可是根据伊织从草丛里窥探的结果，两人都目露凶光，全然没有悠闲官差的样子。

其中一人已是年逾五十的老武士，但体格和肌肉根本不次于壮年人。他戴的一字斗笠强烈地反射着夕阳，斗笠下的脸因而显得很昏暗，看不清楚。对坐的另一名武士则是一名十七八岁的清瘦青年，留着额发，面孔尚显稚气，苏芳染的手巾包着双颊，在下巴上打着结，点头时总会露出微笑。

"怎么样，老爷子，我这漆桶的创意还算不错吧？"

额发青年这么一说，被唤为老爷子的一字形斗笠男人说道："哎呀，你现在越来越机灵了，连我大藏都没想到这漆桶啊。"

"那还不是您平日里教导有方。"

"你小子还真得意起来了。看来不出四五年，连我大藏都得听你使唤了。"

"那是当然。年轻人的成长想拦都拦不住，老朽再怎么着急也只会衰老下去啊。"

"连你都看出我着急了？"

"是啊，虽然可怜是可怜，可您自知力不从心，着急的情绪也就显露无遗了。"

"你小子也不知不觉间长成一个有心的青年了，连我的心思都能看穿。"

"怎么样，走吧。"

"是啊，趁着脚下还没黑。"

"别说这不吉利的话啊，咱们的脚下还亮堂着呢。"

"哈哈哈，这可不像血气方刚的你啊，还这么迷信。"

"大概是我入这一行尚浅，还没有历练出来的缘故吧。一有点风吹草动，我心里就会发毛。"

"那是因为你把自己看成跟普通盗贼一样的人了。只要在心里想着这是为了天下，你就不会胆怯了。"

"尽管您一直这么说，我也一直在这么想，可盗贼始终是盗贼，总感到有些内疚啊。"

"真没骨气。"看来戴斗笠的老人也多少有点心虚，也不知是朝青年还是对自己，有些谨慎地叨念了一句，然后骑上绑着漆桶的马。

包脸的额发青年也轻快地跳上马鞍，超过正要先行的老人的马，提醒后面道："我来开道吧。若是有什么动静，我立刻就会打暗号，可不要大意。"

道路一路南下，一直伸向武藏野。无论是马头还是斗笠，还是那包脸的手巾，不一会儿便全都沉浸在夕阳的阴影下。

漆桶

一

睡在石头后的伊织无意间听到了二人的全部对话，却只是觉得纳闷，并不理解这谈话的内容。但二人骑上驮马一离开，伊织便立刻跟了上去。二人觉得奇怪，从马背上回头看了一两次，或许是觉得他年龄幼小不足为戒吧，之后便似乎再没有在意他。

不久，夜色降临，四周一片漆黑。路到武藏野之前几乎全是下坡。

"哦，老爷子，能看见那边扇町屋的灯光了。"

当包脸的额发年轻人从鞍上指着前方的时候，路也终于变得稍稍平坦起来。前方的平原上，入间川像解开的衣带一样在黑暗中蜿蜒盘旋。

虽然前行的两人似乎没抱任何戒备，可跟在后面的伊织人小鬼大，格外留神，生怕让他们起疑。

那两人一定是小偷——唯有这一点伊织是明白的。他深知盗贼的可怕。他出生的法典村每隔一年便会遭到贼匪的袭击，之后村里就会凄惨得连一个鸡蛋、一升红小豆都不剩，而且他们杀人如麻。这种恐怖的印象自幼便烙在他的心里，他担心一旦被发现就会没命。

既然如此害怕，那伊织为何不赶紧钻进岔道躲开，为何偏要跟着那两匹驮马紧追不舍呢？理由十分简单：他早就在心里认定，闯进三峰神社的宝库劫走无数钱财的盗贼肯定就是这两个人。

刚才在石头后面犯嘀咕的一瞬，伊织的脑海里就忽地闪现出了这种念头。少年的直觉从来不存在怀疑和动摇。一旦认定，那他们就一定是三峰的盗贼不可。

不久，他和驮马也都走进了扇町屋的驿站。只见骑在后面驮马上的戴斗笠男人朝前面的包脸额发男子招招手，在马鞍上喊道："城太郎，城太郎，先在这里填饱肚子再走吧！马也得喂些草料，我也想抽袋烟。"

二人便将驮马拴在灯光昏暗的饭铺外面，走了进去。年轻的额发男子坐在入口边，一边吃饭，一边不停地留意着驮马。他一吃完便立刻来到外面，给两匹马喂起干草来。

二

其间，伊织也买来零食吃了起来。看到驮马上的二人又往驿站前方行进，他便嚼着零食追了上去。

路又昏暗起来，不过尽是武藏野平整的草地。马鞍上的二人不时扭过脸面向对方，一路都在闲谈。

"城太郎，给木曾那边通风报信的信使已经出发了吧？"

"早就安排好了。"

"那，木曾那边的人今晚都会去首冢松那边会合？"

"没错。"

"什么时刻？"

"说好是半夜，所以我们现在赶去正好。"

年老者称同伴为城太郎，年轻者则喊年老者为"老爷子"。莫非这两名盗贼是一对父子？伊织思忖着，愈发害怕。虽然以自己的力量很难抓住他们，但他还是坚信，只要查清楚二人所回的住处，然后再报告官府，武藏的冤情自然就可以昭雪，可以从大牢里释放出来。虽然他也没把握究竟能否做到这些，但这二人一定就是三峰的怪盗！他童心里瞬间闪过的直觉似乎并不错。

川越一带的街道已如沼泽一般陷入沉睡。两匹驮马穿过一排排熄灭了灯影的房屋，朝首冢丘方向爬去。路口有一块路标，上面写着"首冢松由此往上"。

伊织由此潜进了崖后。只见山丘上有一株巨大的孤松，一匹马拴在树上。树下有三名男子，全都是旅途装扮的浪人，抱着膝盖，早就一副等得不耐烦的样子。看到来人后，他们忽然站了起来。"哦，大藏先生。"说着，连忙朝爬坡而来的两匹驮马迎了上去，然后亲密地畅叙起久别的离情，互庆平安。

不久，趁着天色未明，他们便开始忙活。在大藏的指挥下，他们将孤松下面的巨石挪开，其中一人用铁锹挖。埋好的金银连同泥土被一同挖出。看来他们每次盗来钱财后都埋在这里，数额之大实在惊人。

包脸的额发男人，即被唤为城太郎的年轻人从驮马背上卸下全部漆桶，打破盖子，把里面的东西全倒在地上。结果倒出来的并不是漆，而是三峰神社的宝库里消失的砂金和金锭，跟从土里挖出来的合到一起，堆了一大堆，有几万两之巨。

接着，他们又将其分别装进数个草包，捆在三匹马的背上，然后把空漆桶和没用的东西全部踢进坑里，再巧妙地盖上土。

"好了好了，离天亮还有一段时间，先歇一会儿吧。"

大藏吩咐着，在松树下坐定。其他四人也拍拍土，围坐四周。

三

木曾的百草批发商大藏自称去各地礼佛，自从他离开奈良井的本家以后，今年已是第四个年头。他的足迹遍及关东，但凡有神社佛阁之处，没有一处看不到他奈良井大藏的捐赠牌。这名奇人的巨额钱财究竟从何而来，从没有一个人调查过。不仅如此，从去年起，他还在江户城下的芝一带购置了房产，开设了当铺，甚至还成了市镇五人组中的一员，在城内也有极高的威望。

就是这个大藏，前些日子还把本位田又八骗到芝浦的海上，用重金诱惑他狙击新将军秀忠，现在却又趁着三峰祭典的混乱，盗出宝库的金银，连同以前埋在首冢松下数年的赃物，让人一并装进草包，驮在三匹马的背上。

世道可真是恐怖，最难以琢磨的恐怕就是人。话虽如此，倘若因此就怀疑一切，那可就没完没了，到最后恐怕连自己都要怀疑。因此，谁都会多长一个心眼。可偏偏有缺心眼的又八之流，轻易就被大藏的花言巧语所骗，为了金钱甘愿犯险。此时的又八恐怕已身在江户城中，并且也一如与大藏约好的那样，早就拿起埋在槐树下的火枪，等待把秀忠将军一击毙命的那一天。殊不知，那一天便是他自取灭亡的日子。

总之，大藏是个怪人。又八之流乖乖地被他俘虏本就奇怪，朱实现在也已沦为侍奉他的特殊小妾。更令人吃惊的是，甚至连武藏花了数年亲手调教的少年城太郎，不觉间也变成了年已十八、留着额发的青年，而且还尊称这大藏为"老爷子"。这些全是事实。总之，城太郎已变成了一个认贼作父之人。若是知道了城太郎的这种变化，且不说武藏，恐怕光是阿通就不知有多难过。

闲话少说。围坐的五人商议了将近半刻，认为大藏当前最好藏身到木曾去，不再返回江户，这样更为安全。

"可是，芝那边还有一家当铺呢。家财之类且不说，那儿还有一些文件急须焚毁，另外朱实也留在那里，所以必须要去一个人处理一下。"

谈到这里时，大家全都异口同声提议："那就城太郎吧。派城太郎去最合适。"事情就这样决定下来。

于是不久，驮着草包的三匹马再加上大藏和三名木曽的人便趁着黎明前的黑暗，折向甲州路方向而去，而城太郎则独自一人前往江户。

拂晓的明星仍在山丘上闪烁。当所有人影都离去后，伊织这才跑到山丘上。"到底该跟踪哪个好呢？"他迷惘的眼睛朝四面望望，天地间仍像漆桶里面一样，漆黑一片。

师兄弟

一

今天又是一个好天气。秋天的天空格外晴朗，强烈的阳光甚至晒到了皮肤下面。在如此的青天白日之下，身为盗贼的同党应该不敢大摇大摆地招摇过市，可城太郎毫无这种阴暗的想法。他像一个想在这大好时代里一展身手的有志青年一样，傲然地往武藏野的天地间走去。

只是这城太郎像是有什么顾虑似的，不时回头望望。这绝非是他做贼心虚，而是因为从今早离开川越时起，那个奇怪的少年就一直尾随。

莫非是个迷路的孩子？城太郎想。可少年脸上没有迷路孩子那样的迷茫。难道是有事？可当他停下来等时，少年却又躲藏起来，并无靠近的意思。

于是，城太郎警惕起来，故意藏进没路的芒草丛里，观察起少年的举动。

"咦？"跟丢了的伊织，一追过来便慌张地四面打量，似乎在寻找城太郎的影子。

城太郎仍像昨天那样，用那条苏芳染手巾包着脸并结在下巴上。这时，他霍地从芒草中站了起来。"小家伙！"他忽然喊道。

就在四五年前，城太郎自己还被别人喊作小家伙。而如今，他已长成了大个子，有了喊别人小家伙的资格。

"啊！"伊织吓了一跳，下意识地想逃，但大概是自己也意识到根本就逃不掉，便说道，"什么事？"还装出若无其事的样子，故意迈着小碎步朝前走。

"喂喂，你要去哪里？小屁孩，你还不给我站住！"

"什么事？"

"我倒要问你有什么事呢？装也没用。你从川越起就一直在尾随我吧？"

"没有啊。"伊织摇摇头，"我是要回十二社的中野村。"

"不，不对。你一定是来跟踪我的。快说，你究竟受了谁的指使？"

"你管得着吗？"

伊织撒腿就要跑，城太郎伸手一把抓住他的衣领。

"你说不说？"

"可我……可我……什么都不知道啊。"

"还嘴硬。"说着，城太郎稍微一用力，"你一定是受官府指使的密探。不，是密探的儿子。"

"那……既然你看着我像密探的儿子，那你就是盗贼了？"

"什么？"城太郎大吃一惊，死盯着伊织的脸。伊织挣开他的手，一猫腰，一溜烟便朝远处逃去。

"啊，你小子！"城太郎立刻追了起来。

几间土蜂巢般的茅屋并排在草地对面，是野火止村。

二

看来这村落里住着锻造锄头的铁匠，吭当、吭当，只听某处传来悠闲的锤声。红色的秋草丛里，鼹鼠挖出来的泥土早已变干，晾晒在民家檐前的衣服有的还滴答滴答地落着水滴。

"小偷，小偷！"这时，路边忽然有个孩子大喊起来。人们立刻呼啦一下，纷纷从吊着柿子干的檐下和昏暗马棚的一旁跑了出来。

伊织连忙冲人们挥挥手，大声地喊道："有个包脸的男人正从那边追我，他就是抢劫秩父神社宝库的盗贼中的一个，大家快抓住他啊！来了，过来了！"

村里的人们被伊织突如其来的呼喊吓住，顺着他所指的方向一望，果然，一个下巴上系着苏芳染手巾的年轻武士正朝这边飞也似的跑来。

可是，村民们仍只是呆呆地望着那人追过来。于是伊织又喊道："抢宝库！抢宝库！真的，他真的是秩父大盗的同党啊！快抓啊，不抓就让他逃了！"

伊织就像指挥着没有勇气的士兵的大将，虽然他声嘶力竭，可村里平静的空气仍没有产生一丝震动。表情木讷的村民只是对他的呼喊流露出些许惊慌的眼神和害怕的神情，仍在袖手旁观。

这时，城太郎已经来到眼前。伊织无奈，只好像松鼠一样迅速藏起来。也不知城太郎知不知道这边的情况，只见他恶狠狠地盯着排在路两旁的村民，故意放缓脚步，大摇大摆悠然走了过去，俨然一副"谁敢狗拿耗子就出来试试"的神情。

其间，村民们一声未吭，目送着他离去。刚听到有人喊抓偷盗宝库的贼人时，他们还以为是多么凶悍的野武士，没想到竟是个十七八岁、五官端正、气度不凡的青年。因此，村民们甚至怀疑是不是出了什么差错，反倒憎恨起伊织刚才的恶作剧来。

再说伊织，由于喊破了喉咙都没有一个正义之人冲向眼前的盗贼，他不禁对大人们的卑劣厌恶至极。不过，他也深知自己无能为力，于是就想赶快回到中野村的草庵，告诉附近的熟人和官府，好把那人抓起来。

于是，他便绕到野火止村的后面，在既无田地也无道路的荒草中赶了一阵子。不久，远处便冒出一片熟悉的杉林，再走十町路就能赶回上次被暴风雨摧垮的草庵旧址了。想到这里，他兴冲冲地跑了起来。

就在这时，一个人忽然张开双手挡在他的眼前，原来是从岔道里忽然跳出来的城太郎。伊织顿时像被当头浇了一盆凉水，不过这里已经是他的地盘，他知道逃跑没用，于是后退一步，抽出腰间的野砍刀。"啊，畜生！"他像头野兽一样，叫骂着扑了上去。

三

即使对方已拔出刀来，城太郎也没把这个小毛孩放在眼里，赤手空拳便迎了上去。他本想一把揪住伊织的衣领，不料伊织大喊一声"嗤"，挤过城太郎的手腕，横着跳出十尺远。

"狗杂种！"城太郎气急败坏，又要逼上去，可右手指尖竟忽然有一滴温热的东西落了下来。无意间抬起胳膊一看，原来上臂不觉间已被对方划出了一道两寸左右的伤口。

"啊，好小子！"城太郎重新审视起眼前的伊织。伊织则一如武藏平时所教的那样架着刀。眼睛，眼睛，眼睛——平时师父严格要求的力量不由得一下子涌入伊织的眼睛里。整张脸的力量都汇集在眼睛上。

"我决不放过你。"瞪不过伊织的城太郎咕哝了一句，拔出长长的腰刀。这时，被他看扁的伊织已从最初伤到对手小臂的一刀中完全找到了自信，啪的一下，高举着野砍刀朝他砍来。

由于伊织连跳跃的姿势都与平常扑向武藏时一样，所以虽然城太郎能招架得住，却无疑给他的体力和精神带来了意外的压迫感。"不要太猖狂。"城太郎也使出了全力。

更何况这小毛孩竟不知怎的获知了自己等人抢劫宝库一事，因此即使为了同伴，也不能让他活命。

城太郎并不躲避拼命杀上来的伊织的攻势，而是拿太刀迎了上去。可伊织的敏捷远胜城太郎。

"这跳蚤般的臭小子。"城太郎不由得想。

正当城太郎思考时，伊织忽然跑了起来。城太郎刚以为他要逃跑，不料他又猛地停住，突然反扑。而当城太郎跟他较起真来时，他又巧妙地跳出去，再次奔逃。

看来，聪明的伊织是想通过这种方式，逐渐把敌人引诱到村里。而最终他将对方引到了草庵旧址附近的杂树林中。

夕阳早已暗淡，薄暮笼罩着树林。城太郎火往上撞，追着伊织来到这里，却忽然跟丢了，便一面喘着粗气，一面打量四周。"臭小子，藏到哪儿去了？"

就在这时，一旁的一棵大树上忽然落下一堆碎树皮，落到了他脖子里。

"在那儿啊。"城太郎望着天空喊道。可是树梢上面黑黢黢的，只有一两颗白星在闪耀。

四

树梢上没有任何回应，只有水滴落下来。城太郎略加思索，认定伊织逃到树上了，便抱住一棵粗大的树干小心地攀爬起来。

果然，树梢上有样东西唰地动了一下。被追赶的伊织像猴子一样朝树顶爬去，可前面已连可抓的树枝都没有了。

"臭小子！插翅难逃了吧。快求饶吧，或许我还会放你一马。"

伊织像只小猴子似的蜷缩在树枝上。渐渐地，城太郎从下面越发逼近，可伊织仍默不作声。于是城太郎把手朝伊织的脚附近伸去，企图抓住伊织的脚后跟。

伊织仍不作声，而是把脚移到更上面的树枝上。城太郎便把两手搭向他刚缩回脚的树枝。

"唔！"城太郎刚一探身，伊织候个正着，立刻从上面用藏在右手的刀朝旁边的树杈砍去。

树枝被猛地一砍，再加上城太郎本身的重量，顿时嘎吱嘎吱地发出巨响。啊！就在城太郎在树叶间晃动的一瞬间，脱离树干的树枝已经与城太郎的身体成为一体，咔嚓一声落向大地。

"怎么样，小偷？"伊织在半空中说道。

由于城太郎是像抓着降落伞一样落下的，树枝在其他树枝的接连阻碍下缓缓下落，城太郎一点也没有摔到。

"好小子，有两下子！"城太郎再次望望树上，旋即又以猎豹上树之势向伊织脚下逼近。

于是伊织便朝下抢刀，在树枝间乱砍。由于双手根本无处安放，城太郎也无法顺利接近伊织。

伊织身形虽小，却富有智慧。而城太郎则仗着年长，根本没把对手放在眼里。但老在树上这么僵持也不是办法。不，从位置上说，个头小巧的伊织反而更有利。

就在二人僵持之际，林中杉树丛深处竟忽然有人吹起尺八来。当然，既看不见吹奏人，也弄不清其位置，只知道在声音能传到两人耳朵的范围内，正有个人在吹尺八。就在听到声音的一瞬，伊织和城太郎停止了争斗，在黑漆漆的树叶间竖起全身的毛孔倾听。

"臭小子！"城太郎忽然从沉默中回过神来，再次朝伊织的影子利诱道，"真是人不可貌相，你很顽强，我很佩服。只要你说出是受谁的指使来跟踪我的，我就饶你不死。"

"休想。"

"什么？"

"再怎么说我也是宫本武藏的弟子，堂堂的三泽伊织。倘若向一个小偷求饶，岂不玷污了师父的名声？你休想！浑蛋！"

五

城太郎一愣，比刚才被从大树上抛向大地时还震惊。由于太过意外，他甚至怀疑起自己的耳朵。"什、什么？你再说一遍、再说一遍！"他连反问的声音都颤抖起来。

伊织不由得对刚才的自报师门得意起来。"你听好了。我乃宫本武藏的弟子三泽伊织。吓坏了吧？"

"吓坏了。"城太郎乖乖认输。接着，他又带着半信半疑和一丝亲近的语气说道："喂，师父他身体可好？还有，他现在在哪里？"

"什么？"这一次则轮到伊织害怕起来。他一边躲避着不断靠近的城太郎，一边说道："师父？武藏师父怎么会有你这样的盗贼徒弟？"

"别一口一个贼，多难听啊。我城太郎并没有那么坏。"

"哎，城太郎？"

"如果你真的是武藏师父的弟子，那你一定在闲谈中听说过吧。我跟你差不多大的时候，也在武藏师父身边侍奉过好几年呢。"

"骗、骗人。我才不上你的当呢。"

"千真万确。"

说话间，城太郎平日里对师父武藏的思念之情汹涌而出，他不由得一下子朝伊织靠过来，想要抱住伊织的肩膀。

伊织无法相信。当城太郎朝他抱过来，告诉他两人是师兄弟时，伊织立刻便将这话当成了伎俩，用尚未收回鞘中的刀朝城太郎的侧腹捅去。

"啊，等等！"城太郎在狭窄的树枝间好不容易抓住了伊织的手腕，可就在这一瞬，由于伊织的手离开了树枝，整个身体都向他冲来，他也只得抱着伊织的脖子，想用力蹬在树梢上站住。

当然，二人顿时全倒了下来，从半空中压折无数的树叶和树枝，朝大地上落去。这一次与城太郎刚才掉下去时不同，两个人的重量叠加在一处，速度极快。只听哗的一声，两个人仰着身子跌落在地上，全都昏死过去。

这里的杂树林与杉林连成一片，而杉林边上便是上次被暴风雨毁坏的武藏的草庵。不过，就在武藏去秩父的那天早晨，村民们便按照约定，从当天起就一齐帮他重建倒塌的草庵来，但现在只有屋顶和柱子是新的。

武藏还没有回来，可在这既无墙壁也无门窗的屋顶下，今夜却燃着灯火。原来是从江户前来查看水灾的泽庵一个人住在里面，说是一直要等到武藏回来。

不过，孤独绝不是这个尘世的常态。就在泽庵在这里燃起灯火后，虽然昨晚还是一个人过夜，可是今晚就有一名云游的虚无僧过来讨热水吃晚饭了。

刚才传到杂树林的尺八声，大概就是这位年老的虚无僧吹给泽庵听的。因为那时正好是他吃完包在槲树叶中的便当的时候。

大事

一

　　也不知是患了眼疾还是老眼昏花，虚无僧无论做什么都要用手摸索。泽庵并未主动提出想听，是他自愿提出要吹奏一曲的。但他的尺八吹得实在不怎么样，有如外行人娱乐消遣一样。

　　不过，泽庵还是从中听到了诸多感慨。正如非诗人的诗一样，虚无僧吹奏的尺八里也透着一股朴素的真情。虽然并不合乎平仄，却足以让人理解吹奏人的心情。

　　那么，这名为世人所弃的老虚无僧，他究竟想要从这管破竹中倾诉些什么呢？其实，他只为忏悔。自始至终，尺八里面流淌的几乎全都是忏悔哭泣的竹音。

　　泽庵侧耳倾听，渐渐地明白了这名虚无僧走过的一生。无论是伟人还是凡夫，人的精神生涯其实并没有太大差别。伟人与凡夫的差别，只在于超越同样的人性和烦恼而表现出来的外在形式，即使是这虚无僧和泽庵，一旦通过一管竹子让彼此的心灵交融，最终的结果便是发现每个人都有着同样的过去，都只是皮包着烦恼的凡人而已。

"咦，我们好像在哪里见过啊……"泽庵喃喃起来。

结果，虚无僧也眨巴眨巴眼睛，说道："如此说来，我也一直觉得您的声音耳熟。您该不会是但马的宗彭泽庵大师吧？在美作的吉野乡时，我曾在七宝寺长期逗留……"

虚无僧的话还未说完，泽庵也一下子想了起来，他挑了挑角落里昏暗的灯芯，仔细打量起虚无僧那稀疏的白髯和瘦削的脸颊来。"啊……这不是青木丹左卫门吗？"

"您果然是泽庵大师。我真想找个洞钻进去啊。您看我这副落魄的惨样。泽庵大师，您就别把我看成从前那个青木丹左了。"

"真巧，没想到会在这里见到你。已经是十年前了吧，从在七宝寺的时候算起来。"

"您这么一说，我真是如同淋在冰雨里一样难受啊。虽然我丹左已形同荒野的白骨，却仍徘徊在思念儿子的黑暗中苟延残喘。"

"为了儿子？那你的儿子现在何处，过得如何？"

"听传言说，他成了别人的弟子。就是从前被我青木丹左轰到赞甘山上，后来又被绑在千年杉上吃尽苦头的那个武藏的弟子，来到这关东了。"

"什么，武藏的弟子？"

"听到这件事时，我真是惭愧无比，觉得没脸见人。我哪还有什么脸面到人家面前去呢。一时间我深感恐惧，连儿子都想忘记，也不愿到武藏面前丢人现眼，可我总是忍不住想见见……掐指算来，城太郎今年也该有十八岁了。哪怕只看一眼他成人后的样子，我也死而无憾了。因此，我索性就把羞耻和老脸全都扔掉，从前一阵子起便在这东路上打探。"

二

"那个叫城太郎的武藏的幼徒，就是你的儿子？"

这件事泽庵也是第一次听说。不知为何，尽管自己跟那孩子那么熟悉，却从未从阿通或武藏那里听到过他的一点来历。

虚无僧青木丹左默默地点点头。他干枯的身体上已难觅当年蓄着泥鳅胡时的威风和旺盛欲望的影子。除了怃然地看着他，泽庵也完全找不到一句话来安慰他。因为对于一个已从油汪汪的躯壳中超脱出来，置身萧条荒野的晚钟一样的人来说，他已经无法接受任何敷衍客套了。

不过，泽庵也实在不忍看丹左徒为过去的事情而忏悔伤心，毫无希望地拖着皮包骨头的身体四处流浪。这种人一旦从社会高处跌落下来，失掉一切，一定会连佛陀的救赎和法悦之境的存在都一同忘记。得势时专横跋扈，恣意妄为——越是这种人，越是拥有完全相反的另一面，有着顽固的道德良心，所以他们跌落的同时，也会随之用良心把余生给完全绞杀。

　　所以当他实现了最大的愿望，见到武藏说上一句谢罪的话，并亲眼看到儿子成人后的样子，对儿子的将来放下心后，说不定他立刻就会走进那边的杂树林，第二天早晨便上吊身亡。

　　泽庵想，在让这个男人见儿子之前，必须先让他见见佛陀。即使是十恶之徒、五逆之恶人，只要肯求救，大慈大悲的弥陀尊佛也会伸出救赎之手，因此让他先见过佛陀再见城太郎也不迟。至于与武藏的见面，最好更往后推，那既对这个男人没有坏处，对武藏也会更好一些。

　　想到这里，泽庵便告诉丹左，说城府内就有一座禅寺，只要报出泽庵的名字，在那里逗留多久都可以，自己过后也会抽空去看他，闲谈一下。至于城太郎，自己也不是没有线索，日后一定会力促父子二人见面。"不要太想不开，人，即使在五六十岁之后，也仍有长命的乐土，亦有充实的人生。在我去看你之前，你也可以好好听听禅寺里法师们的说教。"

　　说完这些，泽庵便故意冷冷地将青木丹左打发走。看来丹左也领会了他的心意，数次施礼后，便背上草席和尺八，借着不怎么好的视力和竹杖，离这没有四壁的屋舍而去。

　　由于这里是山丘，丹左害怕下坡路滑，便朝树林走去。杉林的小道至杂树林的小道，道路十分顺畅。

　　但不一会儿，丹左的竹杖忽然被某样东西绊住。他并非完全的盲人，便弓下身子环顾。起初他什么也没看见，可不久后，借着在树间摇曳的蓝色星光，他依稀看到有两个人横躺在地上，浑身已被露水打湿。

三

也不知是如何想的，丹左竟又沿原路返回，然后瞅瞅草庵里的灯影，说道："泽庵大师，我是刚才告辞的丹左。前面的树林中有两个年轻人从树上掉下来昏过去了，仍躺在地上。"

泽庵闻言从灯下站起身，把脸伸到外面。丹左便继续说道："不巧的是，我没有带药，眼神也不好使，所以连水都没给他们喂。他们是两个少年，恐怕不是附近乡士的儿子，就是出来郊游的武家兄弟。恕我多事，请赶紧去救一下吧。"

泽庵答应了一声，立刻穿上草履，朝着山丘下露出屋顶的茅屋大声喊起人来。茅屋下顿时有人影钻出，朝草庵这边仰望，原来是住在那儿的一个老农。泽庵吩咐人影立刻准备好松明和竹筒水过来。

当松明的火光爬上来的时候，丹左早已在泽庵的指引下下山了。这一次，他是顺着山丘的道路下去的，与上来的松明正好在坡中间擦身而过。

如果丹左还是沿最初的林间小道走下去，一定会在松明的照耀下发现儿子城太郎，可是由于他重新问了去江户的路，反而主动从有缘摸向了无缘的黑暗。不过这究竟是幸还是不幸，恐怕只有到后来才会明白。人生就是这样，只要没有到回顾的时候，谁也无法断言究竟是真正的无缘还是不幸。

带着竹筒水和松明匆匆上来的老农是最近两天都在帮忙修缮草庵的村民之一。他一脸狐疑，不知发生了什么事，便跟在泽庵后面朝林中走去。

不久，松明的红光便在同样的地方发现了刚才虚无僧丹左发现的两个人，只是，现在与刚才的状态已有了些许不同。

丹左发现的时候，城太郎和伊织都还昏迷不醒，可现在看来，城太郎已经苏醒，正呆坐在那里，一只手搭在伊织身上陷入沉思，似乎不知道是该救起倒在身旁的伊织问一问师父的情况，还是径直逃走为妙。

这时，由于感到了松明的火光和人的脚步声，城太郎顿时如机警的夜间野兽一样，做出一副随时都能一跃而起的姿势。

"咦？"

原来是一个老农，正从泽庵的一旁伸过一把熊熊燃烧的松明。城太郎顿时觉得对方并不足以令自己戒备，便安下心来，抬头望着人影。

虽然泽庵刚才的那声"咦"是因为本该昏迷的人竟坐在那里，可当双方仔细地相互打量时，这一声"咦"便成了二人共同的惊愕之声。

虽然泽庵眼中的城太郎长大了很多，脸型和身形也都变了样，一时没能认出来，但城太郎应该能一眼认出泽庵。

四

"这不是城太郎吗？"不久，泽庵睁大了眼睛说道。只抬头望了自己一眼，城太郎便立时双手伏地行礼。泽庵定睛一看，这才认出是城太郎。

"是……是，正是。"只抬头看了泽庵一眼，城太郎便立刻变回了从前那个流着鼻涕的小毛孩，惶恐不已。

"唔，你就是那个城太郎啊？不觉间也一副大人模样，长成一个机灵的年轻人了。"

泽庵对城太郎的变化惊愕不已，呆望了一阵子，但最重要的还是先救伊织。他抱起伊织一看，体温还有，便立刻喂了他几口竹筒里的水，伊织立刻恢复了意识。他怯生生地环顾四周，突然大声哭了起来。

"疼吗？哪儿疼吗？"

泽庵一问，伊织摇摇头。虽然身上哪里都不疼，可师父不见了，被抓到秩父的牢房里去了。他害怕师父出不来，又哭诉起来。

伊织的哭诉太过突然，泽庵好大一会儿都没弄明白他的意思，经过仔细盘问，这才终于明白出了大事，泽庵也不禁与伊织一样担忧起来。

这时，在一旁听着的城太郎忽然满脸惊愕，连汗毛都竖了起来。"泽庵师父，我有件事要跟您说。请借个没人的地方说话……"他声音微微颤抖着说道。

伊织停止了哭泣，眼里闪着狐疑的目光靠近泽庵，指着城太郎说道："那家伙就是盗贼的同伙。他说的肯定都是假的，你可不要相信他啊，泽庵师父。"

城太郎一瞪眼，伊织随即用随时准备决斗的眼神回击。

"你们两个都不要吵了。你们本来不就是师兄弟吗？都跟我过来，交由我裁断吧。"

原路返回后，泽庵命两人在草庵前燃起火堆。老农办完事后便返回了下面的茅屋。泽庵坐在火旁，让两个人也友好地围坐，可伊织怎么也不肯靠过来，满脸都是拒绝和身为盗贼的城太郎做师兄弟的表情。

可看到泽庵和城太郎亲密地谈论以前的事情，伊织产生了微微的妒忌，他也不觉朝火堆凑了过来，然后便在一旁默默地听起泽庵和城太郎的低语。只见城太郎像在弥陀前忏悔的女人一样，睫毛上挂着泪水，就连泽庵没问到的事也都一五一十地交代了出来。

"哎……是的。自从离开师父身边，前后已有四年了。其间，我被一个叫奈良井大藏的人抚养，受他的教诲，也经常倾听他的愿望和未来世道的大势，便立志不惜为此人献出生命，一直帮这大藏先生做事。可是没想到竟被喊成了盗贼，实在是遗憾。因为我也是武藏先生的弟子，即使在离开师父后，我也一直觉得自己一天都没有背离过师父的教诲。"

五

"我和大藏先生已对天地的神祇起誓，相约绝不把我们的目的透露给任何人，所以就算是对泽庵大师，我也不能讲。可是，既然师父武藏因此落下偷盗宝库的冤名而被抓进秩父的大牢，那我也不能坐视不管。我明日就去秩父自首，说作案人就是我，把师父从牢狱里救出来。"城太郎继续说道。

泽庵一直默默地听着城太郎的话，不停地点头。不过听到这里时，他忽然抬起头来。"如此说来，盗取宝藏的事真的是你和大藏所为？"

"是。"城太郎的回答中带着一种无愧于天地的语气。

泽庵狠狠地盯着城太郎的眼睛。城太郎终于没能跟他的话语一样豪壮，最终低下头来。

"那不还是盗贼吗？"

"不……不，我们绝不是普通的盗贼。"

"盗贼也分门别类？"

"我们没有私欲，只不过是为了天下黎民，动一下公家的财富而已。"

"我不明白。"泽庵不屑地说道，"你是说，你这样的盗贼属于义贼？中国的小说里经常有剑侠或侠盗之类的怪人，你们也是他们的追随者？"

"我若一辩解，自然就会把大藏先生的秘密说出来，所以，无论您说什么，我也会一忍再忍。"

"哈哈哈，那你死活都不说了？"

"不过，为了解救师父，我还是会去自首的。还有，武藏师父那边，也请大师随后帮忙说和一下。"

"这种说和泽庵我可做不来。武藏先生本身就是被冤枉的，就算你不去，他也一定会被释放。更重要的是，你应该诚心礼佛，幸好有我泽庵来为你引导，难道你就不想真心向佛陀自首吗？"

"向佛陀自首？"城太郎反问道，似乎从未想过这些。

"正是。"泽庵像告诉他寻常道理似的说道，"听你的语气，不是为了天下就是为了黎民，似乎很高尚，可眼下比起别人的事来，最重要的难道不是你自己的事吗？难道你周围就没有一个不幸之人？"

"若是只考虑自己，是无法成就天下大事的。"

"黄口小儿！"泽庵大喝一声，砰地打了城太郎的脸一拳。城太郎一下子被打蒙了，手捂着脸吓得不知如何是好。"你自己难道就不重要吗？任何事情都是由自己做起的。连自己都不考虑的人，还能为他人做什么？"

"不，我的意思是，我并不是为了自己的欲望。"

"住嘴！你知不知道，你还乳臭未干呢。连尘世的一根汗毛都没看清，就装出一副通晓天下的模样，做起痴心妄想的美梦，再也没有比这种人更可怕的了。城太郎，你和大藏所做的事情我已经大致上明白了，不用再问你了。傻小子，光长个子有什么用，心智一点都没见长。别哭了，有什么好后悔的？快好好擤擤鼻涕吧。"

六

泽庵吩咐睡觉。也只能睡觉了，城太郎盖上草席躺了下来。

泽庵睡下了，伊织也睡了，城太郎却睡不着，整夜都在想牢窗里的师父武藏。"对不起"。他双手并拢在胸膛上，心里不住地道歉。

仰面躺着时，眼泪便会顺着眼角淌进耳朵。侧卧过来后，却又胡思乱想起来。也不知阿通姐怎么样了——若是阿通姐在，自己也无颜见她。虽然泽庵打的那一拳还隐隐作痛，但若换作阿通姐，她虽然不会打自己，可一定也会揪着自己的衣襟哭着责备个不停吧。

尽管如此，也决不能泄露给旁人，自己与大藏先生起誓守护的秘密谁都不能告诉。天亮之后或许还会受到泽庵师父的责骂，对，索性趁现在溜走吧。

想到这里，城太郎悄悄起身。没有墙壁和屋顶的草庵最容易溜走了。他立即来到户外，望望星空。若不快走，黎明就要来临了。

"喂，站住！"城太郎刚要迈步，却被背后突如其来的声音吓了一跳。抬头一看，泽庵早已像自己的影子一样站在那里。"看来，你无论如何也想去自首？"泽庵来到一旁，把手搭在城太郎的肩膀上说道。

城太郎默默地点点头。

"你真就那么想白白送死？真是缺根筋。"泽庵可怜地说道。

"白白送死？"

"没错。你以为只要你承认自己是作案人，就能救出武藏先生？这世上哪有这么便宜的！就连那些你没有告诉我的事情，一旦到了官府，若不一字不漏地全吐出来，官府是决不会善罢甘休的。最后的结果就是武藏依旧被关押在牢狱里，而你呢，他们是不会让你死的，哪怕花上一两年的工夫也要拷问出来。准保是这样。难道这样你还认为自己不是白死？你若真想为武藏洗冤，就得先洗干净自己。你到底想在官府接受拷问，还是要向我泽庵坦白？我泽庵乃佛陀的弟子，就是听了也不会做任何裁断。我只是个引荐人，引荐你去向佛陀忏悔而已。如果你还不愿意，那还有一个办法。昨晚，我与你的父亲青木丹左卫门竟在这儿不期而遇。也不知是何等的佛缘，没想到随后我就遇见了他的儿子，也就是你。丹左去了江户我相熟的一座寺院，既然早晚都是死，你最好先见你父亲一面再去死吧。而且，你也可以问问你的父亲，我说的话是对还是错。城太郎，你的面前有三条路，就是我刚才所说的三个办法。你任选一个吧。"

　　泽庵丢下这句话，就要进入被窝。一瞬间，昨天在树上与伊织打斗时从远处传来的尺八声又在城太郎耳际回响。原来那竟是父亲所吹。即使不问，光是听那尺八的声音，他也能想象出父亲后来是以何种面貌和心情在这世上彷徨。

　　"呃，请等一下，泽庵师父，我说！我说！虽然我跟大藏先生发过誓不告诉任何人，可对佛陀……我愿意对佛陀坦白一切。"城太郎忽然这么喊道，然后便拉着泽庵的袖子，把他拽回林中。

七

　　城太郎坦白了。仿佛在黑暗中进行长长的自语一样，他把一切都付诸声音，从心底吐了出来。泽庵从头至尾都在默默地听着，一句话也没插。

　　"我已经全说完了。"说完，城太郎沉默下来。

　　泽庵这才开口，问道："就这些？"

　　"是的，只有这些。"

　　"好。"泽庵再次沉默，足有半刻。

　　杉林上空现出了拂晓的浅蓝色，乌鸦群变得喧闹，四周逐渐发白。再看泽庵，似乎已累得坐在杉树根上。城太郎则在等待他的责骂似的，半截身子倚在树上，低垂着头。

　　"原来是被骗进了危险团伙。真是一群可怜之人啊，连天下大势都看不清。幸好事情还没有发生。"叨念的泽庵已不再是担忧的表情。忽然，他从毫不起眼的怀里摸出两锭黄金，交给城太郎，要他现在就上路。"一刻也不能耽误了，否则别说是你，就连你的亲人和师父都会被连累。你快远走他乡吧，走得越远越好。还有，要避开甲州路到木曾路一带，因为从今天下午起，所有的关卡都要戒严了。"

"那师父怎么办？师父是因我才遭的难，我怎么能就这样远走他乡呢？"

"这件事就交给我泽庵好了。等两三年后事件平息下来，你再去找武藏先生谢罪吧。到时候我也会帮你说和的。"

"那……我走了。"

"等等。"

"还有什么事？"

"你顺便绕回江户一趟，去麻布村一座叫正受庵的禅刹看看，你的父亲青木丹左已在昨晚先去那儿了。"

"是。"

"还有，这是大德寺僧的开悟证明。你到正受庵领一套斗笠和袈裟，和丹左都化装为僧人一起逃命去吧。"

"为什么必须化装为僧人呢？"

"傻瓜！你连自己犯下了什么罪都还不知道？你们想暗杀德川家的新将军，并趁乱在大御所所在的骏府放一把火，一举让关东陷入混乱。你不正是这群愚蠢暴徒中的一个走卒吗？往大里说，你就是破坏安定的逆贼之一。一旦被抓住，不被绞死才怪。快走！趁着太阳还没升起来。"

"泽庵师父，我还有一句话想问。为什么打倒德川家就是叛逆呢？那打倒丰臣家横夺天下的为什么就不是叛逆呢？"

"不知道……"

泽庵只是用可怕的眼神盯着寻根问底的城太郎。此事谁也无法解释。虽然泽庵也不是无法找到令城太郎信服的理由，不过，他连让自己信服的理由都还没找到。只是如今有一个不容忽视的事实：即使把挑战德川家的人都称作逆贼，也没人会觉得奇怪，这已经是天下大势所趋。而违背这种潮流者必会背上污名，接受悲惨的命运，被抛到时代之外死去，这也已经是一个显而易见的事实。

石榴之伤

一

当日，泽庵便把伊织领在身后，进了赤城坂北条安房守的家门。"大人在吗？"他问小厮道。

"在，请稍候。"说着，小厮跑进后面。

出来迎接的是儿子新藏。新藏说父亲进城不在家，请先进来一叙。

"进城了？那正好。"说着，泽庵也要立刻进城，并委托新藏暂时收留伊织。

"小事一件。"新藏瞥了一眼便笑了，他早就跟伊织认识，"若法师要进城，我这就吩咐备轿。"

"那就拜托了。"

等轿子时，泽庵站在树下欣赏红叶。可他忽然想起了什么，问道："对了，江户的奉行一职，叫什么来着？"

"町奉行？"

"对，听说江户新设了町奉行一职？"

"是堀式部少辅大人。"

轿子来了，是类似于肩舆的涂漆轿子。泽庵嘱咐伊织不要淘气，便钻进轿子，悠然地在烂漫的红叶下朝门外而去。

而伊织在眨眼之间便消失了。他早已窥探起马厩来。马厩有两栋，栗毛、白眉、月毛等众多良马个个都膘肥体壮。也用不着种田干活，干吗要养这么多马呢？伊织不禁对武士家的经济好奇起来。

"对了，是为了战时之需吧。"他解释道，再好好端详一下马脸，果然，就连那脸都与野马脸不一样。从小时候起，马就是他的好朋友。他喜欢马，百看不厌。

这时，门口方向传来新藏的高声话语。伊织以为是在骂自己，连忙回头看去，只见门前有一位干瘦的老太婆正拄着杖，厚颜无耻地与站在式台上的新藏理论。

"我干吗要骗你说不在家呢？我有何必要骗你这么一个陌生的老年人，诈称父亲不在家呢？不在就是不在。"

看来新藏被老太婆的态度激怒了，而老太婆也为他的语气发怒。"不乐意了？从你称安房大人为父亲来看，你一定就是府里的公子吧，可你知道吗，从前一阵子起，我老婆子就不知来这里叩过多少次门了，不下五六次，可每次都说不在家。有谁会相信？"

"你来多少次与我有什么关系？父亲就是不喜欢见人。明明不愿见，你却硬要来，那是你自找的。"

"什么，不愿意见人？真是可笑至极。那你父亲为何还

201

要住在人间呢？"阿杉又表现出她一贯的伶牙俐齿，大有一副今天不见到安房守便誓不回去的架势。

二

　　有句俗语叫"雷打不动"，说的大概就是阿杉此刻的嘴脸。欺负我是老太婆——阿杉也有这种偏见，不，她甚至比别人更强烈。因此，不甘被人小瞧的固执便制造出了这副雷打不动的表情。

　　年轻的新藏疲于应付，一句话说得不到位，阿杉就会横挑鼻子竖挑眼，而呵斥一两声她也不害怕，甚至还时而不屑地露出牙齿嘲笑。

　　真是蛮不讲理，新藏甚至都有想拔刀吓吓她的念头。可心急吃不了热豆腐，而且这么做对老太婆有无效果也是个未知数。

　　"父亲的确不在家，要不这样吧，你先在这边坐坐如何？如果是我能听明白的，你先跟我说说也行。"新藏强压住怒火说道，没想到竟比预期远远有效。

　　"我从大川边走到这牛込来也不容易，说实话，我的腿脚也累坏了，那我就恭敬不如从命，先坐坐吧。"阿杉立刻坐在式台一角，搓起脚来，舌根却丝毫没有疲劳的样子，"哎呀，公子，你刚才这么一说软话，我老婆子也觉得刚才的确吼得太大声了，那我就先对你说说，等安房守大人回来之后，你再帮我转达。"

"我知道了。那么，你让我转达或是提醒父亲的事情究竟是……"

"也不为别的，就是为那作州浪人宫本武藏的事。"

"唔，武藏怎么了？"

"他可是个十七岁就奔赴关原战场，与德川家为敌之人啊。而且为害乡里作恶多端，村里没有一个人不痛恨他。他还杀了不少人，连我这老婆子都在到处找他报仇呢。他到处逃亡，是个无恶不作的浪人。"

"等、等等，老婆婆。"

"别打断我，请接着听，不止这些。还有我儿子的未婚妻阿通，武藏竟哄骗了她，把本已成为朋友之妻的女人拐走……"

"你先等等、等等。"新藏抬手打断她说道，"老婆婆，你到底是来干什么的？是专门来说武藏坏话的吗？"

"你真傻，我可是为了天下。"

"毁谤武藏怎么就是为了天下呢？"

"怎么不是？"阿杉将错就错，趁势胡扯起来，"听说在你家北条安房大人和泽庵和尚的推举下，也不知那巧言令色的武藏是如何逢迎巴结的，近日竟即将被提为将军家教头。"

"你是听谁说的？这还只是内部消息呢。"

"好像是小野道场的一个人传出来的。"

"那你想说什么？"

"我刚才已说过，武藏是一个声名狼藉的家伙，这样一个武士，连安排到将军身边都不吉利，更别说做教头了，真是岂有此理。将军家教头是天下之师，像武藏之流，光是想想就让人觉得恶心，浑身不自在。老身我就是来向安房大人进谏的。你明白了吗，公子？"

三

新藏相信武藏。父亲和泽庵推荐武藏做将军家教头，他也认为是一件好事，十分高兴。因此对于阿杉的说三道四，尽管他强忍着怒火在听，可还是禁不住变了脸色。而阿杉一旦唾沫横飞地絮叨起来，竟连对方的脸色都注意不到了。

"因此，我劝安房大人赶紧罢手也是为了天下。你也最好多注意一下，千万别被武藏的花言巧语所骗。"阿杉继续喋喋不休。

新藏早就感到不快，他真想大喝一声"住口"，又怕这样反倒会再次被纠缠住，于是说道："我明白了。"他强压着不快催阿杉走，"我明白你的意思了。我会转告给父亲的。"

"那就拜托了。"阿杉又叮嘱一遍，这才像终于达到了目的似的，拖着草履啪嗒啪嗒地朝门外走去。

正在这时，不知哪里传来一声叫骂："臭老太婆！"

阿杉停住脚步。"什么？"她瞪着眼睛四处寻找。

结果，躲在树后的伊织顿时像学马叫一样龇着牙喊道："让你尝尝这个！"说着便丢过来一样硬东西。

"啊，痛！"阿杉捂着胸口，看看落在地上的东西，好几个石榴中的一个已碎裂开来。

"你这家伙！"阿杉捡起一个石榴，抬手就要回击，伊织却逃了起来。阿杉一直追到马厩一角，刚往旁边一瞅，另一样黏糊糊的东西却又打到了脸上。

竟是马粪。阿杉直吐唾沫。刚用手把粘在脸上的东西扒下，眼泪便滚落下来。自己所吃的这些苦头，还不全是因为四处流浪，全是为了儿子？想到这里，年迈的身躯竟颤抖着委屈地哭了起来。

伊织逃到远处，从隐蔽处露出头。看到阿杉哭泣的样子，他也忽然变得沮丧，像犯了罪似的害怕。他想到阿杉的面前谢罪，可阿杉毁谤师父武藏的愤怒仍塞在心里没有消散。不过，他还是为阿杉哭泣的样子悲伤，心情复杂，不知所措地咬着指甲。

这时，新藏在高崖上的屋里喊了起来。伊织顿时像得救了似的，顺着山崖跑去。

"喂，黄昏的红色富士山，快来看啊。"

"啊，富士山！"顿时，伊织忘记了一切。新藏也一副忘我的神情，至于今天的事情，原本在听的时候，他就从未想过要转告父亲。

梦土

一

秀忠将军才三十出头。父亲大御所在完成一代霸业的九分后便认为自己已完成任务，如今已去骏府城养老了。"这前面的父亲都帮你打下来了，剩下的就要由你去完成了。"于是，秀忠刚过三十就从父亲手里接过了将军之职。

父亲的功绩是通过一代战争打下来的。无论是学问、修养、家庭生活还是婚姻，无一不是在战争中养成和度过。而今，这战争仍未结束，决定乾坤的下一次大战已在江户和大坂之间孕育。不过，在一般人看来，这一次肯定是连绵战争的最后一场终结战，一战之后，动荡已久的战国时代也将真正回归和平。

应仁之乱后，日本陷入长期战乱，世人都渴望和平。且不说武家如何，对黎民百姓来说，丰臣也罢德川也罢，只要能建立起真正的和平就行，这无疑是他们真切的渴求。

据说，家康在把将军职位让给秀忠的时候，曾如此咨问道："你要做的是什么？"

结果秀忠当即答道："我想是建设。"

后来听亲信们说，家康听了他的回答后非常放心。

秀忠的想法直接在现在的江户体现出来，这也是大御所认可的。于是，他的江户建设得越来越快，规模也越来越大。

与此相反，在太阁遗孤秀赖坐拥的大坂城里，人们正忙着准备下一场战争。将星们全都躲在合谋的黑幕后频频谋议，通过密使之手不断向各州发送命令，大肆征召浪人和散兵游勇，囤积弹药，厉兵秣马，深挖战壕，毫不懈怠。

马上又要决战了——以大坂为中心的五畿内的民众无不战战兢兢。

今后终于可以安心了——这则是江户城周边普通市民的心理。

因此，百姓势必会源源不断地从不安的上方地区向繁荣发展的江户涌来。而且从这移民潮中也可以看出人们的一种心态，即大多数人已摒弃了以丰臣为中心的国家，转而艳羡德川的统治。老百姓已厌倦了战乱，与其让丰臣方获胜使战乱继续，不如祈祷德川一方就此结束乱局，让百姓过上安心日子。

这种心态当然也映在了正在为把子孙托付给关东还是上方而陷入抉择的各藩大名及其臣下身上。于是，新时代的力量便逐渐加入到以江户城为中心的土地划分、河川整治和城镇建设中来。

今天也一样，秀忠穿着一身野游的装束，刚从旧城的本丸沿吹上丘去新城的工地巡视了一圈。他全身都沉浸在高昂的工地噪音中，一时竟连时光的流转都忘记了。身边陪侍的有土井、本多、酒井等阁臣及近侍，还有僧侣的影子。秀忠让人在一高处安放凳子，暂时歇身。

就在这时，木工们劳作的红叶山山麓一带忽然传来高喊："浑蛋！你给我站住！"

杂乱的脚步声传来，七八名木工正在追赶一名逃跑的挖井工，大声叫嚷着跑了过去。

二

那名挖井工有如脱兔一般，只见他钻进隐没在木材之间的泥瓦匠小屋，又从那里跳出来，然后爬上土墙脚手架上的圆木，正想跳到外面。

"不逞之徒！"追上来的两三名木工立刻抓住男子的腿，男子顿时一个跟头栽到了锛子屑里。

"这家伙！真恶心！揍扁他！"人们对他又是踹胸口，又是踢脸，还揪着衣领拽来拽去，围着他一顿痛揍。他既不喊疼也不吭声，只把大地当成了唯一的救星似的，拼命趴在地上。无论对方怎么踢，怎么揪他的衣领，一有机会他便立刻趴到地上，拼命抱着大地。

"怎么回事？"木工头武士立刻赶来。

工地目付也跑了过来。"肃静。"他说着分开人群走近。

一名木工激昂地向目付申诉："他踩了我们的曲尺。曲尺可是我们的灵魂，就像武士的佩刀一样，可这小子竟给踩了。"

"你给我小声点说。"

"这怎么能让人平静下来？若是你们武家的刀被别人踩了，您又会如何？"

"我知道。可将军大人正在巡视工地，正在那边的山丘上坐着休息。你给我忍忍，不要惊扰了将军。"

"是……"尽管怒吼一度沉寂下来，可木工们还是不依不饶，说道："那就把这家伙拉到那边，非让他洒水净身，跪在被他踩过的曲尺前给我们谢罪不可。"

"这事由我来裁断，你们快回工地干活吧。"

"明明踩了人家的曲尺，警告他一句，他不但不道歉，还敢还嘴。若是就这么不了了之，我们就没法干活。"

"知道了，知道了，一定会帮你们处理他的。"目付揪起低着头的挖井工的衣领，"抬起头来。"

"是。"

"咦？你不是个挖井的吗？"

"是、是的。"

"这片工地上是建书库和涂抹西后门墙壁的工程，干活的都是泥瓦匠、花木匠、土工、木工等，应该连一个挖井工都没有啊。"

"就是就是。"木工们为目付的怀疑添油加醋，"这个挖井的，昨天和今天都来到别人的工地瞎转悠，结果还把他的泥脚踩在我们宝贵的曲尺上，我照着他的颧骨就是一拳头，可竟然不服气地顶起嘴来，同伴们便一哄而起，嚷着要揍他。"

"这些事先放放。喂，挖井的，你到底有什么事，竟然到与你无关的西后门的工地上来乱转？"

目付死死盯着挖井工苍白的脸。虽然是个挖井工，又八却相貌俊美，体质羸弱，让目付起了疑心。

三

近侍、阁臣、僧侣、茶人和秀忠周围当然有众多警卫，而且在以这片高地为中心的远处各个要地上又设了两重警戒。工地中发生的琐碎事故，这些警卫也丝毫不敢大意，特意跑到又八被群殴的地方来察看所为何事。

听了目付的报告后，警卫提醒道："你们在这里会惊扰大人的，快到大人看不见的地方去吧。"

言之有理，目付于是与木工头武士合计了一下，撵着木工们各回各的工作岗位。"这个挖井的男人，我们还要另外调查，你们就先回去吧。"说罢就把又八拉走，交给目付处置。

工地上有好几处隶属于工程奉行的目付的值班房，都是临时的小屋，供官吏休息或轮班所用。地炉上挂着个大水壶，闲着的官吏们或是来喝点水，或是来换换草鞋。

又八被扔进紧挨这小屋的柴棚里。这里不光有柴火，还堆放着咸萝卜桶、酱菜桶、炭包等。进出这柴棚的都是些做饭的仆人，被称为窝棚仆人。

"这个挖井工是个可疑分子，在调查结束之前就关在这儿了，好生看着。"

虽然窝棚仆人被吩咐监视又八，却没有刻意将其绑起来。因为他们觉得，既然是罪犯，想必马上就会交出，而且这工地本身就已经处在江户城严密的护城河和城门的监护之中，根本就没必要绑。

虽然目付也打算在此期间与挖井老板及其监督者交涉一下，查一下又八的身世及平常的品行，可这也仅仅是因他的外貌而怀疑他不是挖井工，此外他并没做出别的什么事。所以，对于被扔进柴棚的又八，一连几天都没有进行调查。

可是，又八自身陷入了一刻一刻濒临死地的恐惧。他自认为一定是那件事败露了。所谓的那件事，不用说，自然是他受奈良井大藏的唆使，伺机暗杀新将军的企图。既然在大藏的胁迫下经挖井老板运平的介绍进入城内，又八就本该做好听天由命的思想准备，可是自进城到现在，尽管他数次得遇秀忠将军巡视工地的机会，可是从槐树下挖出埋着的火枪暗杀新将军这种大逆不道的事，他怎么也做不来。

当初受大藏胁迫的时候，如果说半个"不"字，自己很可能当场就会丧命，而且他也想要钱，于是就发誓说"干"。可等进了江户城，他才发现就算自己一辈子都做挖井工，也做不来这种暗杀将军的恐怖事情。于是他便拼命地与其他劳工一起劳动，想努力忘记与大藏的约定。

可后来的一个意外事件，却让他再也无法这样拖延。

四

事情源自位于西后门内的那棵大槐树。由于要建红叶山书库，必须要将其挪到其他地方。尽管挖井工们的吹上工地与这里隔得很远，可又八知道奈良井大藏会设法将火枪埋在这里，所以他一直在悄悄关注。

他常趁吃饭的空闲或早晚工作的闲暇来西后门查看，看到槐树还没有被挖出，他便放下心来。而且他还一直处心积虑，想趁人不注意把树下的火枪挖出来丢到别处。所以，当他不小心踩到木工的曲尺，引起众怒被追上时，比起被殴打，他更害怕的是事情会立刻败露。

之后，这种恐惧也一直挥之不去，每天都在昏暗的小屋里折磨着他。槐树或许已被移走了吧？一挖树根就会从地下发现火枪，当然，调查也就会开始。当自己再被拉出去的时候就没命了。他每晚都做噩梦，大汗淋漓，还有好几次梦见自己赶赴冥途，路上长的全都是槐树。

一夜，又八还清晰地梦到了母亲。阿杉毫不可怜他现在的境遇，而是愤怒地把蚕篓朝他身上砸来。满篓的白茧从头上倾泻，他到处奔逃。于是，白发倒竖的阿杉便像茧妖似的不停地追赶他。梦中的又八大汗淋漓，从悬崖上跳了下去，身体却轻飘飘地浮在了地狱的黑暗中，怎么也落不到下面。

对不起，娘！他发出孩子般的惊叫，一下子醒了过来。可睁开眼睛后，自己反倒回到了比梦里还恐怖的现实，更是备受折磨。

对……为了从这种恐惧中解救自己，又八决定冒一次险，去看看那槐树究竟是仍平安地待在那里，还是已被移走。江户城的要害又不在这小屋里，虽然出江户城很难，可从这小屋走到槐树那边却不是一件难事。当然，小屋也上了锁，但并没有人通宵值守。于是，他踩着酱菜桶，打破天窗爬到了外面。

又八顺着木材场、石材场和被挖出来的土堆来到西后门。一打量，那株巨大的槐树仍立在原处。"啊……"又八舒了口气，顺顺心口。正是由于这棵树还没有被移走，自己的生命才延续到了现在。

"好机会……"不一会儿，他就从别处捡来一把铁锹，在槐树下挖了起来，仿佛能从这里捡到自己的生命，每挖一锹，他的心脏都为这响声跳动不已，敏锐的眼神不时打量四周。

真是好运气，竟连巡视的人都没有。他逐渐大胆地挥舞起铁锹，坑的周围渐渐堆起新的土山。

五

又八像一条刨土的狗一样没命地挖土。可是无论他怎么挖，挖出来的也只是土块和石头。

莫非让人抢先挖走了？又八担心起来，继续徒劳地挥舞铁锹。脸上和胳膊上全是汗水，泥土溅到汗上，浑身像浇过泥水一样，呼哧呼哧直喘粗气。

咔嚓、咔嚓，尽管无力挥动的铁锹和疲劳的呼吸逐渐搅和到一起，头晕目眩，可又八仍不停下。不久，只听铿的一声，有样东西碰到了铁锹刃上，只见一样细长的东西躺在坑底。他顿时丢掉铁锹，把手伸到坑里。"找到了。"

若是火枪，应该包在油纸里，或是密闭在箱子里，可又八碰到的东西有一种奇怪的触感。不过，他还是带着几分期许，像拔牛蒡一样将其拽了出来，一看，竟然是一根分不清是人腿还是手臂的白骨。

又八再也无力拾起铁锹了。他甚至怀疑自己又在做梦。抬头望望槐树，夜露和星星璀璨迷人。不是梦。他意识很清醒，就连槐树的树叶都能一片一片数得过来。那大藏的确说过要把火枪事先埋在这树下啊，而且还让又八用它来打死秀忠，不可能是撒谎。因为就算撒这样的谎言，对他也没有任何好处。可现在莫说火枪了，就连块破铜烂铁都没挖出来，这到底是怎么回事呢？

可找不到火枪也是个麻烦，又八的心病仍去不了。于是他又在槐树四周转悠起来，踢着泥土到处寻找。

就在这时，有人走向又八背后，不像是才来的样子，而是从刚才起便恶作剧般在角落里观察着他的所为。只见来人忽然拍拍又八的后背，在他耳边笑道："怎么会有呢？"

尽管拍得很轻，可又八还是立刻被吓瘫，险些跌到自己所挖的坑里。他回过头，呆望了对方一会儿，这才"啊"的一声，惊愕地喊出声来。

"过来！"泽庵一把拽过他的手。

又八的身体仍僵在原地，冰冷的指尖简直要把泽庵的手扭下，脚跟则一阵阵打哆嗦。

"你来不来？我叫你过来！"泽庵狠狠地瞪着他说道。

可又八却像个哑巴一样。"那、那边……那边的，痕迹……"他一面用打卷的舌头说着，一面用脚尖把土往坑里踢，看来是想掩盖刚才的行为。

泽庵可怜地说道："别弄了，没用的。人在尘世的行为，无论是善业还是恶业，都像是墨落白纸一样，千载也不会消弭。你刚才的行为也是这样，自以为用脚踢一踢就消失了？正是因为有这种想法，你才会过着潦倒的人生。快，过来！你已经是犯下弥天大罪的大罪人，我泽庵要把你碎尸万段，踢到地狱的血池里。"

又八仍一动不动，泽庵便揪着他的耳朵而去。

六

泽庵竟知道又八逃出来的小屋。只见他揪着又八的耳朵，瞅瞅仆人们睡觉的地方，使劲敲打起门来："还不快起来？里面的人，快起来！"

窝棚仆人起床出来，狐疑地望望泽庵，许久才认出原来是经常跟在秀忠将军身边，与将军家和阁老们都能谈笑风生的那个和尚，于是放下心来，答道："什么事？"

"什么事个头！"

"啊？"

"我也不知那边是究竟味噌小屋还是酱菜棚子，总之快给我打开。"

"那小屋里正关押着一个可疑的挖井工，您总得拿样凭证给我看看吧。"

"我看你是不是睡糊涂了？你难道没看见那个被关的人早破窗出逃了？是我给你抓了回来，又无法像蝈蝈儿一样把他塞进笼子，才让你开门的。"

"啊，这家伙！"窝棚仆人这才惊愕不已，赶紧去叫值夜的目付。

目付慌忙出来，连连为自己的疏忽谢罪并反复恳求泽庵，千万不要将此事透露到阁老等的耳朵里。

泽庵只是点点头，把又八推进小屋里，自己也钻了进去，从里面关上门。

怎么回事？目付和窝棚仆人面面相觑，也无法离去，只得站在外面。

这时，泽庵又从门口露出脸，说道："你们都有自己的剃刀吧？不好意思，能否好好磨一下，借一把给我？"

虽然不清楚他究竟要干什么，不过二人一时也难以判断究竟该不该问，便把剃刀磨好后递给了他。

"好、好。"

泽庵接过剃刀，又用命令般的语气说："已经没事了，快去睡觉吧。"

目付和窝棚仆人无法违背，便各自退回。

小屋里非常黑暗，但星光微微从打破的窗户透进来。泽庵坐在柴捆上，又八则在草席上低垂着头，一直沉默不语。

那剃刀究竟是在泽庵的手里，还是就放在附近？尽管又八很担心，眼睛却看不到。

"又八。刚才从那槐树下挖出什么来了？若是我，会挖出这样一些东西来让你见识一下。不过可不是火枪，是无中生有，从虚无的梦土中挖出尘世的真相。"

"是……"

"是，就算你嘴里说，恐怕也毫不明白真相。你一定还像在做梦一样吧？反正你像个婴儿一样单纯，看来我只能手把手教你了。喂，你今年多大了？"

"二十八岁了。"

"跟武藏同年吧？"

听他这么一说，又八不禁两手捂脸，呜呜地抽泣起来。

七

泽庵并未作声，似乎要任由他哭个够。等又八的呜咽终于平息下来时，他才再次开口道："你难道不觉得可怕吗？那槐树差点就变成你这傻瓜的墓碑了。你这是自掘坟墓啊，连头都钻进去了。"

"救、救救我吧，泽庵大师。"又八突然跪在泽庵膝下哀求，"我、我……我终于醒悟过来了。我被奈良井大藏骗了。"

"不，你还没有真正醒悟过来。奈良井大藏并没有骗你，他是看中了你的贪婪、单纯、小心眼，却又拥有非同常人的大胆，才找到你这个天下第一的傻瓜，想拿你当枪使呢。"

"我、我明白了，我愚蠢。"

"你知不知道那个奈良井大藏是什么人，就答应了他？"

"不清楚，这至今仍是个谜。"

"他是关原败北者之一、与石田治部乃是刎颈之交的大谷刑部的家臣，名叫沟口信浓。"

"哎，原来他是在逃的残党？"

"否则他也不会觊觎秀忠将军的性命了。不过事到如今，我仍好奇你究竟是怎么想的，竟会信他。"

"不，是他告诉我，他只是对德川家有怨恨。与其让天下成为德川家的囊中物，还不如成为丰臣家的天下对万民更有利。所以，他这么做并不仅仅是为他自己，更是为了天下百姓……"

"那，当时你为什么不仔细思考一下此人的底细呢？稀里糊涂就盲从别人，连给自己挖坟墓的勇气都出来了。真可怕啊，你的勇气。"

"那怎么办？泽庵大师！"

"闪开！再怎么纠缠我也晚了。"

"可、可是，我不是还没有把火枪瞄向将军大人嘛。您就救救我吧，我一定会洗心革面，重新做人，一定、一定。"

"不，那是因为前来埋火枪的人途中出了意外才没来得及。没想到那城太郎也被大藏拉拢，加入了他的恐怖阴谋。若他平安从秩父返回江户，说不定火枪早就被埋在那里了。"

"哎？您说的那城太郎，莫不是……"

"算了，你就先别管这些了。总之，你犯下的大逆之罪，不用说律法了，就连神明都不会饶过你的。你就别想着获救了。"

"那、那……无论如何也没救了？"

"当然。"

"您就发发慈悲吧！"又八抱住泽庵苦苦哀求。

泽庵却忽地站起来，一脚踢开他，说道："浑蛋！"他简直要把小屋的屋顶吹飞似的大喝一声，瞪着又八，俨然一尊毫不容情、无论如何忏悔也不会伸出救赎之手的可怕之佛。

又八怨恨地望着他的眼睛，忽然垂下绝望的脑袋，又怕死地抽泣起来。

泽庵从柴捆上面拿过剃刀，轻轻抚摩着他的头。"又八……既然横竖都是一死，那就起码把自己变成释尊弟子的样子后再去吧。你我也算相识一场，唯有引导我还是会帮你做的。你闭上眼睛，静静地盘起腿来就行。生死无非在眨眼之间，也没那么可怕，用不着哭。善童子，善童子，不要嗟叹，我会让你死得舒服些的。"

花落·花开

一

阁老的房间是一间密室。为防止政治机密从这里泄露出去，周围又设置了一些隔间和走廊。从前一阵子起，泽庵和北条安房守就频频加入这里的议席，终日在商量什么事。有时为得到秀忠的裁断，甚至还一同去秀忠面前，同时，信匣也频繁往来于内部与密室之间。

"去木曾的使者回来了。"这一日，前堂的人来阁老房间报告说。

"赶紧去问问。"阁老们急不可耐，立刻便把使者招到了另外的房间。

使者是信州松本藩的家臣。数日前阁老房间便发出急信，下令抓捕在奈良井驿站百草批发店的大藏。可大藏一家早已关闭店面，搬到上方去了，不知行踪。

搜宅后也发现了一些未完全销毁的商家禁藏的武器弹药，以及与大坂方面来往的信件等，作为日后的呈堂证供，已打包装了起来，不日便会运到城中，总之事情就是这样——快马使者如此报告。

"晚了？"阁老们咂舌不已，心情有如撒下大网却连一根虾毛都没网到。

次日，酒井家的家臣从川越给身为阁老一员的酒井忠胜送来报告说："按照大人吩咐，即日便将囚禁的宫本武藏从牢房释放出来。正巧名为梦想权之助者前来迎接，在下便将误会过程详细告知，将武藏交与了他。"

这件事随即便从酒井那里传到了泽庵的耳朵里。泽庵微表谢意道："有劳了。"

由于是发生在自己领内的错案，酒井反倒连连致歉："也希望那武藏不要介意此事。"

就这样，在江户逗留期间，泽庵的心事全都一一解决。至于眼皮底下那芝口的当铺，即大藏曾居住的宅子当然也立刻被町奉行查封，家财密信之类被悉数没收，而毫不知情留守在此的朱实也已被抓到奉行所里。

一夜，泽庵来到秀忠的房间，把一切都告诉了秀忠。"事情便是这样。"他又说道，"大人可不要忘记，天下还有无数的奈良井大藏啊。"

"唔。"秀忠使劲点点头。

泽庵知道秀忠通情达理，于是接着说道："这无数的大藏，若是一一都抓捕审讯，恐怕您就会天天忙于这些，而无暇继承大御所的家业，来完成您作为二代将军的基业了。"

秀忠并非不明事理之人，泽庵的一句话他都会当成百言来咀嚼，以进行自我反省。"那就从轻处置。这次就依着法师的进言，请法师处置吧。"

二

泽庵深表谢意。"不觉间，野僧也在府中逗留月余，想于近日再踏上云游之旅，顺便去一趟大和柳生，探望一下石舟斋的病情，再从泉南返回大德寺。"随后又说出了作别之词。

一听到石舟斋三字，秀忠似乎忽然被唤起了回忆，问道："那柳生的老爷子后来怎么样了？"

"听但马守的意思，这次恐怕要辞别人世了。"

"没救了？"秀忠不禁回忆起自己的幼时时光，想起跪坐在相国寺的大营里谒见父亲家康时石舟斋宗严那音容笑貌。

"还有一事，"泽庵打破沉默，"这事野僧也早已跟阁老们商量过，也得到了大家的认同，就是安房大人和野僧曾推举那个宫本武藏做将军家教头之事，还请您多多提携。"

"唔，此事我也听说了。听说是连细川家都很推崇的一个人物，虽然已有柳生、小野两家，不过再立一家也行。"

如此一来，泽庵觉得所有事情都已办妥，不久便从秀忠面前退了下来。秀忠用心赐给他各种礼物，可他全都捐赠给了城下的禅寺，只带着平时那根手杖和一顶斗笠去了。

可无论如何，人言总是可畏。有人说泽庵插嘴政治抱有野心，也有人说他是一个受德川家笼络、不时为德川家传递大坂一方情报的黑衣密探，总之，背地里流言四起。可泽庵心中装着的一直是那面朝黄土背朝天的庶民的幸福与不幸，至于一座江户城或是一座大坂城的盛衰之类，无非像过眼黄花一样，任其开谢罢了。

可是，在辞别将军家，离开江户城之前，泽庵却带了一个男人作弟子。在秀忠的授权下，他临行之前顺便去了一趟筑城工地的小屋，并让人打开后面的小棚子。黑暗中，一个脑袋光光的年轻和尚正低着头，孤零零地坐着，身上裹的法衣则是上次泽庵造访这里后的次日让人拿来的。

"啊。"被门口的光一照，年轻的新信徒眯着眼抬起头来。

"出来。"泽庵从外面招招手。

新信徒站了起来，脚却像烂掉了一样踉跄不已。泽庵抓过他的手。

处决的日子终于来了——又八闭上眼睛，彻底死了心，腿脚的关节瑟瑟发抖。断头台的草席似乎已然闪现在眼前，眼泪顿时从瘦削而苍白的脸颊上簌簌滚落。

"能走吗？"

又八欲言又止，在泽庵的搀扶下，无力地点点头。

三

出了中门，穿过多门，又钻过平河门，又八恍恍惚惚地越过几道大门和护城河的桥，那跟在泽庵身后缓缓而行的脚步不禁令人联想起待宰的羔羊。南无阿弥陀佛，南无阿弥陀佛，南无阿弥陀佛，南无阿弥陀佛……又八只觉得自己在一步一步走向死刑场，不住地念诵，这样可以让他稍微忘记死亡的恐怖。

终于来到了外护城河。山手的宅邸区看到了，日比谷村附近的田地与河流上的船只也看到了，下町来往的行人也看到了。啊，这红尘！又八不禁留恋起尘世来。真想再一次漂流在这红尘之中啊，他的眼泪不禁又吧嗒吧嗒地落了下来。

"南无阿弥陀佛，南无阿弥陀佛。"他闭上眼睛，念诵的声音终于冲破嘴唇，最后竟陷入忘我。

泽庵回过头，催了一声："喂，快走。"他们沿着护城河，朝前门方向绕去，然后又斜穿过荒原。又八只觉得有千里之遥，仿佛这路一直会持续到地狱，连白天都那么黑暗。

"在这儿等着。"

在泽庵的吩咐下，又八站在荒原中央。荒原的一旁，一条溪流从常盘桥御门一直流到这里，水里混着泥土的颜色。

"是。"

"逃也没用。"

又八悲伤地蹙起半死的脸，点点头。

泽庵离开荒原，朝大街方向走去。眼前是一道土墙，匠人们在往上抹白土。连着土墙有一道高栅栏，内部与寻常商家或宅邸不同的黑色建筑鳞次栉比。

"啊，这儿是……"又八心里一惊。这里竟是新建的江户町奉行所的牢狱和官衙。只见泽庵从其中的一个门钻了进去。

又八的腿脚再次急剧战栗，甚至连他的身体都支撑不住了。他一下子瘫坐在地上。不知何处传来鹌鹑的啼叫，连大白天草丛里发出的这种声音听起来都像是冥途路边的鬼号。

"对，何不趁现在……"又八忽然打起逃跑的主意来。自己的身上既未上绳也未戴枷，若是逃跑也不是不行。

不，不，不行。即使自己像这荒原上的鹌鹑一样潜藏起来，一旦在将军家的威令下搜索，这里连处躲藏的草丛都没有。而且自己头也被剃光了，还被逼着穿上了法衣，这个样子是逃不掉的。

娘！他在心里呼唤起来。

尽管悔之晚矣，可他还是怀念起母亲。若不是离开了母亲，自己怎么会落到被人砍头的田地。阿甲、朱实、阿通，还有许多人，这些曾出现在他的青春岁月中，或是他的联想对象，或是与他交欢过的女人，虽然在临死之前也不是想不起来，可现在，他由衷想呼唤的人只有一个："娘，娘……"

四

若是能再活一次，自己再也不会背叛母亲，一定要尽最大的孝心。又八如此发誓，可是这已经是毫无意义的后悔。马上就要被砍了，衣领处的寒气不禁让他抬头望望云彩。天上一副要下阵雨的样子，两三只大雁正展开翅膀，朝那边的沙洲飞去。

真羡慕这大雁！逃跑的欲望逐渐涌了上来。对，就是再次被抓到也不过是一死。他用锐利的眼神望望大街对面的门，泽庵还没有出来。

"就趁现在。"他站起身，跑了起来。

这时，不知何处传来一声怒斥："站住！"

只这一声，又八就已经丧失了逃跑的勇气。一个持棒的男人竟站在意想不到的地方，原来是奉行所行刑的官吏。男人一跑过来便痛打了又八的肩头一下。"哪里逃！"说着，便像按住青蛙的后背一样用木棒一头按住又八。

这时，泽庵出现了，此外还有奉行所行刑的官吏。从头目到属下的杂役，陆陆续续全都出来了。当这群人来到又八身旁的时候，又有四五个狱卒模样的人拉着另一名犯人走了过来。

官吏头目选定行刑的地点，令人铺上两张粗席，然后催促泽庵道："请见证。"于是行刑人呼啦一下围住粗席，官吏头目和泽庵则被请上上座。

"起来！"

被棒头按住的又八在严厉的呵斥下站起身，可他连走的气力都没有了。不耐烦的行刑人一把揪住他的法衣衣领，三下五除二便把他拖到了席子上。

又八在全新的粗席上战战兢兢地低下头，连鹌鹑的叫声都听不到了。只有周围人的吵嚷声像隔着墙壁传过来一样，听上去十分遥远。

"啊，又八哥？"这时，有人在旁边说了一声。

又八一愣，看看旁边，居然另有一个女囚并排被按在粗席上。"呀……这不是朱实吗？"

可他刚一开口，两个行刑人顿时插进来，用擀面杖般的橡木棒把二人分隔开来。"不许说话！"

这时，泽庵旁边的官吏头目从座位上起身，以严厉的语调宣布二人的罪状。朱实并未哭泣，又八却不顾在场众人的瞩目涕泪横流，因而连官吏宣判的罪状也没有听到。

"打！"接着，官吏坐回长凳，立刻严厉地命道。于是，从刚才起就拿着尖竹竿等在后面的杂役顿时跳了出来。

"一！二！三！"

杂役一面数，一面打起又八和朱实的后背。又八开始尖叫，朱实则铁青着脸伏在地上，紧咬牙关。

"七！八！九！"

竹竿裂了，前端似乎冒起了烟。

五

荒原外面的行人稀稀落落地站住，远远地围观。

“干什么呢？”

“行刑。”

“啊，杖责一百啊。很痛吧。”

“挺痛的。还有一半才过百呢。”

“你数了吗？”

“嗯。连惨叫都发不出来了。”

这时，刑吏抱着棍子走了过来，把棍子往草地上一磕，呵斥道："不许围观！"

行人便走开了。再回过头来看时，百杖似乎也已打完，杖责的杂役扔掉竹炊帚似的竹竿，用手臂擦起汗来。

“有劳了。”

“辛苦了。”

泽庵与官吏头目一本正经地行完礼，就此作别。接着，官吏杂役们蜂拥钻进奉行所内，泽庵则在男女二人垂着头的粗席旁站了一会儿，然后默然穿过荒原，朝远处走去。

一缕阳光从阴云的裂缝里露出，洒落到草上。人一离去，鹌鹑又啼叫起来。朱实和又八一动不动，但他们并未完全昏过去，只是浑身火辣辣地痛，而且也无颜抬起头面对这天地。

"呃……水。"朱实先喃喃起来。粗席前就放着一个提桶，还附有一把竹勺，看来是官吏默默放在那儿的，似乎在借此展示奉行所的一点体恤之情：即使鞭笞囚犯的奉行所也还有一丝仁慈。

咕咚……朱实仿佛一口咬过去似的率先喝了起来，在那之后又让又八喝。"你不喝吗？"

又八终于伸出手。水咕咚咕咚地流进喉咙里。官吏走了，泽庵也不在了，可他仍一脸恍惚，未回过神来。

"又八哥……你当了和尚？"

"没事了？"

"什么？"

"处刑就这样完了？我们没被斩首啊。"

"怎么会被斩首呢？坐在长凳上的官吏不是已经对我们二人宣判了吗？"

"他说什么？"

"说是驱逐出江户。幸亏没有把我们驱逐到冥途。"

"啊……那，我的命……"又八顿时发出疯狂的声音。一定是高兴坏了。他立刻起身迈步，对朱实理都不理。

朱实则抬起手，拢拢散乱的头发，正正衣领，系好腰带。此时又八的身影已经在草原的彼方越来越小。

"窝囊废……"朱实歪着嘴嘟囔着。竹竿的伤痛每疼一次，她便愈发坚强。经年之后，因命运坎坷而扭曲的性格终于让她绽放成一朵妖冶的花。

海市蜃楼记

一

被托付在这座府邸里已有数日，伊织已经厌倦了嬉闹。"也不知泽庵师父怎么样了？"其实在这种心思背后，他担心的并非泽庵，而是师父武藏。

北条新藏也很同情他。"父亲大人也还未回来，看来是一直住在城内了。不久后肯定就会回来，你就再跟马厩里的马玩会儿吧。"

"那马能借给我用用吗？"

"当然可以。"

伊织顿时往马厩飞去，选了匹良马牵了出来。他昨天和前天就偷偷骑了这匹马，还曾背着新藏骑了出去。而今天他得到了允许，自然逞能起来。

一跨上马，伊织便如疾风一样从后门奔了出去。前两天，他的目的地就已经确定了。住宅区、田间道、山丘、田地、原野、森林，晚秋的风物眨眼间便全落在了身后。

不久，闪着银光的武藏野的芒草海洋展现在眼前。

伊织停住马。"就在那山的对面——"他不禁怀念起师父的身影。

秩父的峰峦横亘在原野尽头。一想起被囚禁在牢狱中的师父，伊织的脸颊便不禁湿润。野风冰冷地抚摩着泪脸，光是看看眼前草阴里通红的土瓜和发红的草叶，就知道秋意已浓。不久，山的那边也该是白霜遍野了吧，伊织不由得想。

"对！我去见见师父。"这个念头一浮现，伊织便立刻快马加鞭。骏马在芒草的波浪中飞跃，眨眼间已跑过半里。

"不，慢着。说不定师父已经回草庵了呢。"这一日他总有这种感觉。于是他朝草庵驰去。屋顶、墙壁等被风暴毁坏的地方全修好了，里面却没人住。

"你们看见过我师父没有？"他试着朝正在田里收割的人喊道。附近的农民看到他的身影，全都悲伤地摇摇头。

"若是骑马，一日就能赶到吧。"他打定主意，无论如何也要到秩父走一趟。他以为只要到了秩父，就能见上武藏，于是又拼命在原野上奔驰。

不久，他便来到野火止的歇脚点。他记得上次曾被城太郎追赶到这里，可是今天，这里挤满了骑乘的马匹、货物、衣箱和轿子，似乎有四五十名武士正挡在道上吃午饭。

"啊，过不去。"虽然并未禁止通行，可要过去必须下马牵着。伊织觉得麻烦便掉头折返，反正这武藏野又不愁没道走。

正在这时，吃饭的武士们追着他的马，喊道："喂，小不点，站住！"随之有三四人接连跑过来。

伊织掉过马头，怒道："什么事？"虽然他个头不大，骑乘的马和鞍子却威风凛凛。

二

"下来！"武士们逼近马鞍两侧，望着伊织。

伊织莫名其妙，而武士们看起来很生气。

"什么事？干吗让我下来？我回去还不行？"

"少啰唆，快下来！"话音未落，一名武士已掀起伊织的腿。脚离了马镫的伊织顿时跌到马的另一侧。"那边有人正有事等着你呢。别哭，过来。"伊织被揪住衣领，哧溜哧溜地往歇脚点方向拖去。这时，一名老婆婆拄着拐杖从对面走来，抬了抬手，一面制止武士们，一面惬意地笑道："呵呵呵，逮着了。"

"啊。"伊织站在老婆婆面前。这不是上次在北条家扔石榴打她的那个老太婆吗？再一看，老太婆已与上次不一样，连装扮也变了。不过，她竟然混在这么多武士之间，究竟要去哪里呢？不，伊织根本无暇考虑这些了。他只是战战兢兢，不知道老太婆要把自己怎么样。

"小孩，你叫伊织？上一次，你可把我老婆子害苦了。"

老太婆用拐杖的一头捅捅伊织的肩膀。伊织直起身来刚要反抗，又想到这里有这么多武士，若他们全都是老太婆一伙的，自己怎么能敌得过。他只好强忍住眼泪。

"武藏可净收了些好弟子啊。你也是其中的一个？呵呵呵。"

"什、什么？"

"算了。武藏的事情，上次我都对北条的儿子说得口干舌燥了。"

"我、我跟你们无冤无仇。我要回去，我要回去！"

"不，事还没完呢。今天，你究竟是受谁的指使来跟踪我们的？"

"谁跟踪你们了？"

"别满嘴脏话，兔崽子。是你师父教你这样的吗？待会儿看你还嘴硬不，过来！"

"去、去哪儿？我要回去！我要回去！"

"我让你喊！"老太婆的拐杖顿时带着风声，一下子打在伊织的小腿上。

"痛死了！"伊织喊着坐到地上。

老太婆使了个眼色，武士们于是再次揪住伊织的衣领，把他扭到歇脚点的磨坊一旁。等在那里的分明是一名藩士。只见他穿着武士裙裤，腰佩华丽的大小两刀，换乘的马匹拴在一旁的树上，现在似乎已吃完便当，正在树荫里喝着仆人打来的白开水。

三

一看到被抓来的伊织，武士得意地一笑。真是个恐怖之人，伊织不禁惊呆了，原来竟是佐佐木小次郎。

老太婆伸过脸，得意地对小次郎道："您看，果然是伊织那小子吧？一定是武藏那家伙心怀叵测，让他尾随我们。"

"唔……"小次郎似乎也心有同感地点点头。这才让身边的仆人们全退下。

"可别让他跑了。为防止他逃跑，小次郎先生，我看还是先把他绑起来吧。"

小次郎又微微一笑，摇了摇头。在他的笑脸面前，莫说是逃跑，就连站都站不起来，伊织完全断了念头。

"小家伙，"小次郎用毋庸置疑的语气说道，"刚才，老婆婆对我说的对不对？一定没错吧？"

"不、不对。我只是骑着马来郊游，根本就不是什么尾随跟踪。"

"是吧？"小次郎暂且露出肯定伊织的样子，说道，"既然武藏也算是一名武士，想必也不会如此卑劣。不过，一旦突然得知我和老婆婆凑在一起，混在细川家的家士中上了路，武藏也一定会心生疑忌……怎么也想不明白……于是就让你尾随跟踪，这也是人之常情，理所当然。"他完全自以为是，根本就听不进伊织的辩解。

听他这么一说，伊织也才对小次郎和老太婆的境遇疑惑起来。最近，两人身上一定是发生了什么。小次郎就像完全换了一个人，额发剪短了，张扬华丽的和服外褂也变成了质朴的短外褂和武士裙裤。唯独没有改变的是他的爱刀晾衣杆，不过，也已将太刀改成了普通的佩刀，佩在一侧。

　　老太婆则一身旅途打扮，小次郎也是。而且在这野火止的歇脚点，除了细川家的重臣岩间角兵卫，还有十多名藩士与家臣以及运行李的劳工在吃午饭休息。小次郎也是其中的一名藩士，由此看来，他长久以来做官的愿望终于实现了。即使达不到他希望的一千石，起码也会妥协到四五百石吧，而推举他的岩间角兵卫也保住了面子，终于把他招进了细川家。

　　如此想来，最近有传言说，细川忠利要回故土丰前的小仓。由于三斋公年老体迈，忠利的归国愿望早在很久以前就向幕府提出。而幕府的准许从另一个角度来说，也是信赖细川家忠贞不渝的证据。

　　岩间角兵卫以及新人小次郎等一行，此时就是作为先发，走在赶赴老家丰前的途中。

四

　　同时，阿杉身上也发生了一些事情，必须要回故乡一趟。继承家业的又八离家出走，身为顶梁柱的她最近几年

236

从未回过家，连亲戚中赖以仰仗的河滩的权叔也在旅途中送了命。在此期间，故乡的本位田家无疑攒下了各种问题。

因此，阿杉虽然仍惦记着找武藏和阿通报仇，可由于小次郎在下丰前小仓之际提出要与她结伴同行，她便决定在途中取回寄放在大坂的权叔的遗骨，简单处理一下老家的各种问题，顺便再祭祀一下多年没能祭祀的祖先，同时也祭奠一下权叔，然后再次踏上征途。

可是，阿杉就是阿杉，只要与武藏有关，她连一丝一毫的复仇机会都不会放过。根据小野家透露给小次郎，小次郎又传到她耳朵里的传言，最近，武藏在北条安房守和泽庵的推举下，要与柳生家和小野家并列成为将军家教头之一。从小次郎那里听到这消息时，阿杉的脸色就极为不悦。因为如此一来，她就更难报仇了。而且她还坚信，自己到处去投诉、阻止这件事是为了将军家好，阻止武藏的出世，也是为警示世人。

因此，虽然唯独泽庵她没能见上，可其他两家，北条安房守的大门她也进了，柳生家的门槛她也迈了，极力抗议提拔武藏。不光是这两家推荐者，她还利用各种关系，连阁老们的府邸都去了，到处毁谤武藏。

当然，小次郎对此既未阻止也未煽动。可是这老太婆一旦豁出命去，不达目的是不会罢休的。她甚至还投书到町奉行和评定所，肆意歪曲武藏的身世和品行。这种阻止武藏升迁的举动愈发变本加厉，令小次郎都有些看不下去了。

"尽管我要赶赴小仓，可总有一天还会再次遇上武藏。

而且所有事情也都是命中注定的。您不妨先放他一马，只看他踩空官场的楼梯如何跌落下来就行了。"

就这样，小次郎在赶赴小仓时提出了同行的建议。尽管阿杉仍惦念着又八，但她还是心存希望：又八也一定会迷途知返，追随自己而来。于是，就在这武藏野都进入了深秋的时节，她暂时放弃了所有妄念，踏上了旅程，今天正走到这里。

可是，二人身上发生的这些变化伊织哪里会知道，他无论如何也想不明白。想逃又逃不掉，哭鼻子抹眼泪又有辱师父的名声，于是，他便在极度的恐惧中极力忍耐，盯着小次郎的脸。

小次郎也有意盯着伊织的眼睛，可伊织并不移开视线。正如上次独守草庵时与鼯鼠相对时一样，他一面用鼻腔微微地呼吸，一面长久地正视小次郎。

五

不知会遭遇何种不测？但伊织的战栗只不过是小孩子莫名其妙的害怕而已。

小次郎根本不会像阿杉那样，他压根就没有把小孩当成对等对手的念头，更不用说今天的他已身处藩士之位。

"老婆婆！"小次郎喊道。"您带了矢立没有？"

"矢立是带了，可墨斗已经干了。要笔干什么？"

"我想给武藏写封信。"

"给武藏写信？"

"没错。这武藏，即使往路口上竖告示牌也不露面，压根不知他住在哪里。碰巧遇上这伊织，这不正是打着灯笼都难找的信使吗？在离开江户之际，我要先给他写封信。"

"您要写什么？"

"不需要文饰。而且，我下丰前的事他大概也听人说了。我只是要他好好磨炼功夫也下丰前罢了，我一生都会等他。只是向他传递这样一个意思，好让他有了信心后放马过来。"

"这么麻烦……"阿杉摆摆手，"如此拖沓怎么行？虽然我要回作州老家，可立即便会重返征程。而且两三年之内，我必除掉武藏。"

"就交给我吧。老婆婆的愿望，我会在解决自己与武藏的事情时顺便帮您了结，您放心。"

"可是，毕竟我也老了，若是无法在有生之年赶上……"

"那您就好好养生，让自己长命百岁，好等到我用毕生之剑加诛武藏的日子。"

小次郎接过矢立，手指蘸了蘸身边的水流，让手指上的水滴滴到墨斗里。接着便站着，在怀纸上唰唰地走起笔来。文字流畅，文辞中充满了才气。

"就用饭粒封吧。"说着，阿杉将吃剩的便当饭粒抹在树叶上递给他。小次郎封好，又在正面写上收信人姓名，背面则是"细川家家臣佐佐木岩流"。

"小家伙。不用害怕。把这个带回去，里面写着重要的事情，一定要交到你师父武藏手里。"

伊织有些犹豫，不知是该带走还是断然拒绝。"唔……"他点点头，从小次郎手里一把夺过书信，然后一下子站了起来，"大叔，这里面写的什么？"

"就是刚才跟老婆婆说的内容。"

"我能看看吗？"

"不能启封。"

"可如果是对我师父无礼的书信，我就不拿。"

"放心。我根本就没写什么无礼的话。我只是提醒他不要忘记从前的约定，纵然我下了丰前，也还后会有期。"

"你说的后会有期，指的是你和师父相会吗？"

"没错，在鬼门关前相会。"小次郎点点头，脸色有些泛红。

六

"我一定送到。"伊织这才将书信揣到怀里，"老太婆！"他迅速从阿杉和小次郎面前跳出六七间远，大喊道，"笨蛋！"

"什、什么？"

阿杉正要追，小次郎却拉住了她的手，苦笑道："让他说去吧，不过是个孩子……"

伊织又停了下来，他还想再骂些堵在心里的话，眼睛却湛满了不甘的眼泪，嘴唇也突然间不听使唤了。

"怎么了，小鬼？你好像骂了句笨蛋，就这些吗？哈哈，可笑的小家伙，快走吧。"

"多管闲事！你等着瞧吧，这封信我一定会交给师父的。你们就等着后悔吧。你们咬牙切齿也没有用，师父是不会输的。"

"你倒很像武藏，是个不服输的小不点弟子。不过，你忍着眼泪给师父帮腔的样子还是蛮招人喜欢的。武藏死之后就来找我吧！我会让你当个清扫工的。"小次郎揶揄道。

伊织觉得连骨头缝都感到了耻辱。他立刻捡起脚下的石头，正要扔过去，可就在手挥起来的一刹那，小次郎立刻对他怒目而视。"兔崽子！"

与其说是"视"，不如说眼神中带着一股扑过来的冲动，哪里是那一晚鼹鼠的眼神可比的。

伊织顿时把石头往旁边一丢，没命地跑了起来。可无论怎么跑，也甩不掉心里的恐惧。最后，他连气都喘不动了，便一下子瘫坐在武藏野中，一直坐了有两刻工夫。

在这期间，伊织头一次朦朦胧胧地思考起师父的境遇。师父的敌人太多了，即使小孩也能看出这一点。我也要有出息才行。要想永远保护师父，侍奉师父，自己也得同时有出息，必须要尽快拥有保护师父的力量。

"可是，像我这样的，能有出息吗？"伊织认真地思考起来。可当他想起小次郎刚才那可怕的目光时，不禁又吓得毛骨悚然。也许连师父也敌不过那个人。他甚至开始产生如此的不安。倘若这样，师父也得不断历练。总之，他又如往常一样杞人忧天起来。

就在他抱着膝盖坐在草丛里的时候，野火止的歇脚点和秩父的峰峦已全被乳白的夕雾裹了起来。

"对，新藏先生或许会很担心，可我还是得去一趟秩父，把这封信送到牢狱里的师父手里。就算太阳落山也没关系，只要过了那正丸岭。"伊织于是站了起来，环顾原野。忽然，他想起被丢弃的马匹。"去哪儿了？我的马呢？"

七

那可是从北条家的马厩里牵出来的名驹，还配着螺钿马鞍，是野盗发现后绝不会放过的一匹良驹。伊织实在找累了，便吹起口哨，眺望枯草中的原野尽头。也不知是水是雾，只见一些薄烟状的东西在草间低低徘徊。伊织觉得那里似有马蹄声，但跑过去一看，那里既无马的影子，也无水流。

"咦？那边！"他又看到一个黑乎乎的东西在动，再次跑过去，原来是一头正在觅食的野猪。

野猪顿时像旋风一样掠过伊织旁边，朝胡枝子中逃去。再回头一看，只见野猪通过的地方有如魔术师的手杖画出的线，一道白雾正隐约在地上升起。

刚才看着还是雾，可不一会儿，那雾却发出潺潺水声来，不久，潺潺的水流上面竟鲜明地浮现出月影来。

伊织害怕起来。他从幼时起便知道原野的各种神秘属性，坚信即使芝麻粒大小的花大姐身上也会有神的意志。那摇曳的枯叶、呜咽的水流和追逐的风儿，在伊织眼里，没有一样东西是无心的。因此，一接触到这有情的天地，他年幼的心灵也跟逝去的秋草、秋虫和水流一起萧萧地战栗。

他忽然大声抽泣。并非因为找不到马而哭泣，也不是忽然为自己没有父母的孤独而流泪。他只是将胳膊弯起来贴在脸上，脸和肩膀不时地抽搐一下，边走边哭。此时，少年的眼泪也会跟自己撒娇。

倘若有星星或原野上的精灵问他：你为什么哭了？他一定会毫不犹豫地回答说：我怎么会知道。若是知道，我还哭什么啊？倘若再哄着问，他一定还会这么回答：我经常这样，一到旷野里就想哭，总觉得法典原那孤零零的茅屋就在眼前。

独自哭泣是这名少年的毛病，同时也是他的乐趣。哭够之后，天地就会可怜自己，慰劳自己。然后，当眼泪一干，他便又如跳出云雾一般神清气爽。

"伊织！那不是伊织吗？"伊织的身后忽然传来人声。他于是带着哭肿的眼睛回过头，只见两个人影正出现在浓浓的夜色中。其中一人骑在马上，看上去比随行者伟岸得多。

八

"啊！师父！"伊织连滚带爬地扑到马上人影的腿旁，又喊了一声，"师父！师……师父！"他抓住马镫大喊起来。这不会是在做梦吧？他忽然用怀疑的眼神仰望武藏的脸，又打量起拄着手杖站在马侧的梦想权之助。

"怎么了？"从马上往下看的武藏，或许是因为月光照射，脸色看上去十分憔悴，声音却无疑是伊织日思夜想的师父那慈祥的声音。

"你怎么一个人走到这种地方来了？"权之助接着问道。他的手立刻摸在伊织的头上，朝自己胸前抱来。

倘若刚才没哭，伊织恐怕要在这里痛哭一场，月光下，他脸上的泪早就干了。"我想到师父所在的秩父去……"刚一开口，伊织便打量起武藏所骑的马的鞍子和毛色来，"咦？这匹马……是我刚才骑的马。"

权之助笑道："是你的吗？我也不知道是谁的，只看见它在入间川附近徘徊，就以为是天赐给身体疲倦的武藏先生的，便牵来劝你师父骑。"

"啊，一定是荒野的神明特意让它逃去迎接师父的。"

"可是，你说是你的马，岂不更奇怪吗？这马鞍怎么也是千石以上的武士的东西。"

"这是北条大人家里的马。"

武藏下了马。"伊织，那迄今为止你一直受安房府邸的照顾？"

"是的。是泽庵师父领我去的，也是泽庵师父让我待在那里的。"

"那草庵怎么样了？"

"村民们已经帮我们完全修好了。"

"那么，现在回去至少也能遮风蔽雨了？"

"师父……您瘦了……您怎么瘦了这么多啊？"

"是因为师父在牢中坐禅了。"

"那您是怎么出的牢狱？"

"过后再听权之助给你慢慢讲吧。简而言之，或许是老天的护佑吧，昨天竟突然宣布我无罪，就把我从秩父的牢狱里放出来了。"

权之助则立刻补充道："伊织，已经不用担心了。昨天川越的酒井家已派来急使，一再致歉，先生这冤枉已经昭雪了。"

"那一定是泽庵师父求的将军大人吧。因为泽庵师父进城后，就再没回北条大人府中。"伊织顿时滔滔不绝地讲了起来，包括邂逅城太郎的事情、城太郎与亲生父亲虚无僧落荒的事情，还有阿杉几次三番到北条家大门前恶语中伤的事情等，边走边谈，一提到阿杉，他似乎忽然想起什么，说道："还有，师父，又出大事了。"说着便在怀里摸索了一通，取出佐佐木小次郎的书信。

九

"什么，小次郎给我的信？"虽说互为仇敌，可许久未见也颇感怀念，更不用说二人还是互为砥砺互相切磋之人。武藏反倒像得到了期待已久的消息似的，问道："你是在哪儿遇见的？"他边看收件人姓名边问伊织。

"在野火止的歇脚点。"伊织答道，"那个可怕的老婆婆也跟他在一起呢。"

"你说的老婆婆，指的是本位田家的那个老人吗？"

"说是要去丰前。"

"哦？"

"是跟细川家的武士们一起……具体情况都写在信中了吧。师父也不要大意啊，一定要坚持住。"

武藏把书信收进怀里，然后默默地朝伊织点点头。

可伊织仍不放心。"小次郎那个人也很强吧。师父跟他有恩怨吗？"就这样，他滔滔不绝，不等武藏发问，便将今天的始末一五一十讲了出来。

不久，三人终于到了几十日未归的草庵。最急需的便是火和食物了。虽然夜已很深，可就在权之助弄来柴火和水的时候，伊织还是朝村中的百姓家跑去。

火着起来了。三人坐在炉边，围着熊熊燃烧的炉火，互叙平安，欣享着只有经历波折才能体味到的人生喜悦。

"啊？"伊织忽然发现，师父藏在衣服里的手腕、脖颈等处还残留着好多伤疤，不禁问道，"师父，您怎么弄的？怎么浑身……都那样了……"说着心疼地皱起眉，就要查看武藏的其他地方。

　　"没什么。"武藏连忙岔开话题，说道，"那马喂了吗？明天必须把那马还给北条大人。"

　　"是，天亮之后我就去。"

　　伊织没有睡懒觉。他知道新藏一定正在赤城下的府中担心他，于是次日早晨便率先起床，跑到屋外，没吃早饭就跨上了马背。正要快马加鞭时，一轮巨大的红日正离开草的海洋，从武藏野的正东方冉冉升起。

　　"啊！"伊织勒住马，惊叹地凝望了一会儿，然后忽然掉过马头，在草庵外喊道："师父！师父！快起来看啊。就跟上次一样，跟从秩父的山上拜的时候一样，巨大的太阳像在地面上滚动一样，正从草中升起来呢。权之助大叔，您也快起来看看吧。"

　　"哦。"武藏不知在何处应道。其实武藏早已起来，正在小鸟的啁啾中散步。

　　"我去了。"当武藏听到清脆的马蹄声轻快地奔去，然后从树林里出来，将视线投向那令人眩晕的草的海洋时，伊织的影子早已像一只乌鸦朝太阳的火焰中飞翔而去，转瞬间便变小了，成了一个小黑点，不久便完全燃尽，融到了太阳中。

荣华之门

一

庭园里每夜都会积攒一层落叶。当守门人清扫完院子，打开大门，将堆成山的落叶点燃，然后吃早饭时，北条新藏早已结束了晨读，并与家臣练完了刀。他在井台边擦干身上的汗水，顺便又查看了一下马厩里马匹的情况。

"那匹栗毛驹昨晚没回来？"新藏向仆从问道。

"先别管马了，也不知那孩子到底跑到哪里去了。"

"伊织吗？"

"就算再怎么贪玩，也不至于彻夜乱跑啊。"

"不用担心。他不仅贪玩，简直就是个野孩子，一定是想去看看原野了。"

这时，守门的老头跑了过来，向新藏禀告道："少爷，您的一大群朋友来了。"

"朋友？"新藏迈步相迎，朝聚集在大门前的五六名青年打招呼。

青年们应了一声，便一齐扭过晨寒中有点发青的脸，朝他走近寒暄道："好久不见。"

"一块儿来的？"

"身体可好？"

"你们看，挺好的。"

"听说你受了伤？"

"没事，没什么大碍。大清早诸位兄弟便前来寒舍，难不成有事？"

"唔，是有点事。"五六人相视一下说道。这几名青年全都是大家子弟，不是旗本家出身，便是儒官的公子。而且直到前些日子，他们还都是小幡勘兵卫军学所的弟子。所以，对于曾一时在那里代掌一门的新藏来说，大家也都是他军学上的弟子。

"先到那边去暖和暖和吧。"新藏朝在庭园一角燃烧的落叶堆一指，众人便围拢过去。"天一冷，这儿的伤口还是隐隐作痛……"新藏摸摸脖子。

青年们纷纷察看新藏的刀伤，说道："听说，下手人正是那佐佐木小次郎？"

"没错。"新藏扭过被烟熏到的脸，陷入沉默。

"今天来此，其实也是为了商量那佐佐木小次郎的事……昨天我们终于查明，杀害亡师勘兵卫儿子余五郎的凶手，也是那小次郎。"

"我也一直怀疑是他……不过，你们有证据吗？"

"余五郎先生的尸骸就是在芝的伊皿子坂的后山发现

的。我们从那里分头调查，结果发现伊皿子坂上面住着一个细川家的重臣，名叫岩间角兵卫，而那佐佐木小次郎就住在角兵卫宅邸内的厢房里。"

"唔……那，余五郎先生是只身前往小次郎住处的？"

"看来是反遭杀害。就在从后山山崖发现尸骸的前一日傍晚，花店的老板还说曾在附近看见过一个相似的人影……一定是小次郎加害后又将尸体踢下了山崖。"

说到这里，谈话中断，几双年轻的眼眸满含师家灭绝的仇怨，在落叶燃起的烟雾中悲痛相视。

二

"那……"新藏抬起被火烤得发烫的脸说道，"找我商量什么事？"

其中一名青年说道："师家的将来，还有找小次郎报仇的事。"其他人则补充道："我们都听你的，想请你拿个主意。"

新藏陷入了沉思。青年们仍极力游说："或许你也听说了，佐佐木小次郎正巧被细川忠利招纳，据说现在已经踏上赶赴藩地的旅程。难道我们就这样眼睁睁地看着师父被气死，师父的儿子被杀，多名同门尽遭他蹂躏，而他自己则飞黄腾达……"

"新藏先生，你就不觉得窝囊吗？身为小幡的门下，就这样忍气吞声？”

有人被烟呛了一下。白烟在火苗中飞舞。

新藏依然沉默，面对同门们无尽的悲愤，终于说道：“可在下也已被小次郎所伤，天一冷，伤口仍在隐隐作痛，可以说也是一名耻辱的败者。当下我是无计可施了，不知各位有何打算？”

“到细川家去抗议。我们逐一陈述事由的经过，让他把小次郎交到我们手里。”

“交给你们后再怎么做？”

“把他的人头祭奠在亡师和公子灵前。”

“若细川家肯将小次郎绑起来交给我们，那当然最好，可细川家是不会这么做的。而若是我们能杀死小次郎，他也根本不会活到今天。细川家之所以招纳他，也是相中了他超群的武艺。各位若让细川家交人，反倒更抬高了小次郎。既然是如此的勇者，细川家就更不会交出来了。尽管是新家臣，可既然已经成了家臣，人家绝不会轻易交人。不光是细川家，天下所有的大名都如此。”

“那迫不得已只能采取最后的手段了。”

“还有其他手段？”

“岩间角兵卫和小次郎一行昨天才上路。若是追赶，一定能在半道追上。我们六人就以你为首，再纠合小幡门下的一些义士……”

“你们是说半道截杀？”

“没错。新藏先生，你也别憋着了。”

“我不想干。”

“为、为什么？听说你已经继承了小幡家的家业，要重振亡师的家名啊，可是——”

“谁都不想高抬自己的敌人，可公平地讲，我单凭刀是打不倒他的。即使纠集同门，几十人袭击，那也只能是徒增耻辱罢了。”

“那就这么干等着？”

“不，我新藏也很气愤。只是我在等待机会。”

“你可真沉得住气。”一人咂舌道。

“找借口！”甚至有人骂了起来，“没什么好谈的！”

于是，这群血性的早客立刻将落叶的烟灰和新藏丢在原地，拂袖而去。

他们刚出去，在门前下马的伊织便牵着缰绳嗒嗒地走进府来。

三

伊织将马拴在马厩里，问道：“新藏大叔，您怎么在这里啊？”说着，他跑到火堆旁。

“呃，你回来了。”

“想什么呢？喂，是不是吵架了，大叔？”

“怎么这么问？”

“刚才我回来的时候，看到有几个年轻武士气冲冲地出去了，还回头冲门里骂骂咧咧呢，说什么看走眼了、胆小鬼之类。"

"呵呵呵，是这件事啊？"新藏付之一笑，"你还是先过来烤烤火吧。"

"我哪里还用得着烤火啊。我从武藏野一口气奔到这里，您看，我全身都在冒热气呢。"

"有火力。昨晚在哪儿睡的？"

"啊！新藏大叔，武藏师父回来了。"

"是啊。"

"怎么，您知道了？"

"是泽庵大师说的。他说你师父大概已从秩父被放出来，差不多该回来了。"

"泽庵师父？"

"在后面呢。"新藏朝后面使了个眼色，"伊织，你听说了吧？"

"什么？"

"你师父发迹的好事啊。天大的喜事。不过他大概还不知道呢。"

"什么啊？快告诉我。师父要发迹了，究竟是什么事？"

"他就要加入将军家教头的行列，成为一派武宗的日子来了。"

"哎，真的？"

"高兴吗？"

"当然高兴。那，您能不能再把马借我用一次？"

“干什么？”

“我要赶紧报告师父。”

“不必了。今天之内阁老就会正式给武藏先生下召见书，明日便会持召见书到辰口的等候室，进城的许可下来后，即日便可拜谒将军家。所以，阁老的使者一来，我就得去迎接他。”

“那，师父也来这里？”

“嗯。”新藏点点头，一面离开火堆，一面问道，“早饭吃了吗？”

“没有。”

“没吃？那还不快吃去！”

跟伊织说了一会儿话，新藏觉得心中的郁闷略微轻了一些。不过，对于愤然离去的朋友们的命运，他还是有几分担心。

之后又过了一刻左右，阁老派遣的使者来了。除了给泽庵带来书信，还命令明日将武藏带至辰口传奏府的等候室等待谒见。新藏得令后，立刻上马，并令仆从牵来另一匹华丽的乘换马，作为使者往武藏的草庵驰去。

“在下来迎接您了。”

当抵达草庵时，武藏正巧在与权之助晒太阳，膝盖上托着小猫，聊得正起劲。

“岂敢岂敢，我还正打算要前去致谢呢。”

于是，武藏径直跨上迎接的马背。

四

武藏才从狱中被释放，便有将军家教头的荣华在等着他。可更让武藏感动的是这人世的无限恩情。老友泽庵、知己安房守，还有新藏这名好青年，他们对自己这一介旅人温席而待，令人感动。

翌日，北条父子特意为武藏准备好一袭衣服，甚至还备好了扇子和怀纸。"这大喜的日子，就请神清气爽地去吧。"早膳是红豆饭和带头的整条鱼，俨然自己家孩子元服似的，格外周到。

面对这温情，再加上泽庵的好意，武藏再也无法固执坚持自己的愿望。虽然在秩父的狱中，武藏也曾深思熟虑。在法典原上从事开垦的时间虽不足两年，可他亲近土地，与农人一起劳作，一直抱着一股野心，试图把自己的武道活用在更大的治国和经纶政治方面。可江户的实情和天下的风潮，却远未达到可让他一展抱负的状态。

丰臣和德川之间难免会再次掀起一场巨大的战争，思想和人心也必须为此冲破混沌的暴风期。在目睹国家究竟是统一于关东还是上方之前，圣贤之道和治国兵法都还谈不上。假如这种大乱明天就发生，那自己究竟是加入哪边的军队呢？是支持关东，还是加入上方？抑或是与世无争，遁入山中，风餐露宿，静待天下平定？可无论如何，如今一旦成为将军家教头，并满足于此，那么自己的道业也就到头了。

在朝阳灿烂的路上，武藏身着礼服，腿跨华丽的马鞍，朝荣华之门一步步靠近，却仍在心底某处有所不甘。

"下马！"

这时，一面高牌浮现在眼前，原来已到传奏府门前。铺满石子的门前有拴马桩。武藏刚一下马，便有一名官吏和看管马匹的杂役赶奔过来。

"我乃昨日阁老召见书征召的宫本武藏，烦劳给等候室的大人通禀一声。"

今日，武藏当然是只身一人。等待期间，他先被带到了另一房间等候。"请在这里等待回复吧。"

这里简直称得上兰花间，隔扇上绘的全都是春兰和小鸟。房间长达二十叠，十分宽敞。茶点端上后便没人再露脸，之后又等了小半天也没人出现。隔扇上的小鸟不啼，绘制的兰花也无香气，武藏不禁打起呵欠来。

五

不久，大概是阁老之一吧，只见一名红颜白发、气宇不凡的老武士终于现身，跟武藏打招呼道："你就是武藏先生吧？让你久等了，请恕无礼。"

对方淡淡地打着招呼坐了下来。武藏无意间仰脸一看，原来是川越的城主酒井忠胜。但在这里，他只是江户城的一名吏事，所以也只带了一名侍者，似乎不拘礼节。

"在下奉召而来。"武藏立刻跪伏，殷勤行礼道。无论对方是否有威仪，但起码是长者。"在下乃作州浪人新免氏一族宫本无二斋之子，名唤武藏。因将军家征召，故来城门前候旨。"

"辛苦了，辛苦了。"忠胜微微点点那肥厚的下巴受礼道，然后表情略带尴尬，眼神中透着同情，"那个……关于你受泽庵和尚和安房大人等推举之事……至昨夜时，因事情有变，暂时作罢。我们还有些不解，便想请将军再三考虑。其实就在刚才，我们又在御前评议了一下。不过很遗憾，这次的事情仍是无果而终。"言罢，忠胜似乎不知该如何安慰武藏，于是又说道："毁誉褒贬，乃是世之常事，希望不要因此妨碍你的前程。一切人事，光看眼前的结果是无法判断何为幸、何为不幸的。"

武藏仍跪伏在那里。"是。"他跪拜道。他觉得忠胜的话语听起来反倒格外温馨，从心底涌出的感激之情袭遍了他全身。反省当然有，可他毕竟是个有思想之人。倘若被顺利任命，就此成为幕府的一名吏事，那么厚禄和荣华或许反倒会让他武道的幼树就此枯萎。

"在下明白大人的意思了，非常感谢。"武藏完全是自然而然地说出这话，毫不觉得颜面扫地，也未有受讽刺之感。对他来说，此时，一个比将军还高的存在正在用神的语言，将一件比做将军家教头还重要的大任授于他的心间。

真是个神奇之人——忠胜凝视着武藏，又道："虽然只是些闲事，但我听说你也有不似武道的一些风雅嗜好，真想让将军家领略一下啊……对于那些俗人的中伤，虽无回答的必要，但若能超乎毁誉褒贬，将操守无言地留于喜好的艺术上，我想，这不但毫无妨碍，更堪称一种高士的回应啊。"

当武藏还在心里琢磨忠胜的话语时，忠胜说了一句"再会"，便离席而去。

什么毁誉褒贬，俗人的中伤或恶语，忠胜在言语中意味深长地重复了好几遍。武藏理解为这是忠胜对他的暗示：他自己虽无必要回答，但要表现出一名纯洁武士的操守来！

"对，决不能让自己颜面扫地，以免玷污了推举自己的人们……"

于是，武藏把视线停留在大厅一角纯白的六曲屏风上。不久，他叫来一名传奏府的小厮，说是奉酒井大人之命要留一笔余技，恳请借最好的墨、最古的朱和少量青色颜料一用。

六

小的时候谁都画过画。画画与唱歌一样，长大成人之后便全都不画了，因为一知半解的智慧和眼光妨碍了画画。武藏也一样，幼小时经常画画，孤独的他尤其喜欢拿起画笔。可是，从十三四岁到二十岁这段时间，他几乎忘记了画画。之后遍历诸国时，他经常在借宿的寺院或显贵的宅邸里接触到壁龛里的挂轴或壁画，尽管自己不画，却再次对画产生兴趣。

曾几何时，当他在本阿弥光悦家里观赏梁楷的那幅《松树落栗图》时，粗朴之中透出的王者气质和笔墨的深邃让他永远难忘。大概就是从那时候起，他再次关注起画来。

北宋南宋的珍品，东山大人时期的名匠国画，还有作为现代画而受捧的山乐、友松、狩野家的作品等，武藏有机会便会观赏，其中自然也有他的喜厌。

梁楷的豪健笔触，即使从武道的角度来看也让人感受到巨人的力量，而海北友松由于是武人出身，无论是其晚年的节操还是画作本身，都足以让人仰为师尊。

此外，武藏对京城外泷本坊的隐士松花堂昭乘那恬淡的即兴风格也颇为神往。听说他与泽庵也是深交，于是武藏对他的画益发仰慕。可是与自己所走的道路相比，尽管都生于同一尘世，却只觉恍如隔世一般。

因此，有时武藏也会背着人偷偷地描摹几笔。可是不知不觉间，他也变成了一个无法提笔的成人。徒有智慧，却无心提笔。只想画巧，却无真情的流露。

于是他便厌倦起来，不再作画。可是，当忽然间被什么东西再次唤起兴趣时，他仍会暗地里画上几笔。模梁楷，仿友松，有时还会学习松花堂的画风。他的雕刻虽然已为两三人展示过，可画还从未示人。

"好！"

而今，他却索性将其画了出来，而且还是在六曲的单扇屏风上一气呵成。

有如比武结束后心头长舒一口气，武藏静静地将笔尖搁在笔洗里，对自己的画看都不看一眼，径直从传奏府等候室的大厅离去。

"门。"武藏跨过那豪壮的门，忽然回过头来。进是发迹之门，抑或出才是荣华之门？

大厅里空无一人，只有那墨迹未干的屏风被留在那里。其中一面上画着一幅武藏野之图，仿佛在昭示一片丹心，上面只有一轮巨大的红日涂着朱色，剩下的则全是墨色的秋野。

酒井忠胜坐在画前，默然地抱着胳膊凝视了一会儿，然后独自叹息了一句："啊，放虎归山了。"

天音

一

也不知武藏是怎么想的，当日离开辰口的御门后，他没有返回牛込的北条家，而是径直回到了武藏野的草庵。

"回来了！"留守的权之助立刻跑出来，抓住马笼头。

与平常不同，今日的武藏一身挺括的礼服装扮，搭配华丽的螺钿马鞍。权之助以为今天已进城拜谒完毕，顺利完成了就任事宜，高兴地说道："恭喜恭喜……明天起就可以去上任了吧？"武藏刚一坐下，他也在草席下角跪坐下来，边伏地行礼，边高兴地说道。

武藏笑道："不，任命取消了。"

"啊？"

"你就高兴吧，权之助。是今天突然取消的。"

"奇怪啊，真让人不解。到底是怎么回事？"

"别问了。追根问底又有什么用呢？太感谢了，真是天意。"

"可是……"

"难道，连你也认为我的荣华只在那江户的城门里面？话虽如此，我自己也曾一度抱有野心。不过，我的野心不在于地位和厚禄。可能听起来愚蠢可笑，我一直在想，能否用武的精神来成就政道？可否用武的境界立安民之策？武与人伦、武与佛道、武与艺术，倘若将所有东西都看作一种道，武的真髓与政治的精神也该是完全一致的，我坚信如此。正是因为想尝试一下，才想当一名幕士。"

"真遗憾，一定是有人毁谤。"

"不要说了。你可不要误解我。我的确曾一度抱有这种想法，可后来，尤其是今日，我才豁然开朗。原来我的想法竟近乎一个梦想。"

"不，不是这样的。我也认为好的政治与高尚的武道，其精神是一致的。"

"这么想并没错，可这只是理论，而不是现实。学者在书房里穷究出的真理未必就与世俗中的真理一致。"

"那么，我们要穷究的真理，难道对现实的尘世就没有用处了？"

"胡说。"武藏嗔怪道，"只要这个国家存在，无论世事如何变化，武道这种男子汉的精神之道就不会成为无用的技艺。"

"是……"

"可是仔细想来，政治之道并非只以武为本。只有文武并举的圆明境界，才能有完美无缺的政治，才能有拯救世界的大道的武之极致。所以，我幼稚的梦想不过是梦而已，我自己更应谦虚地侍奉文武二天，磨炼自己。在以政治救世之前，更得先从尘世学起才是……"说完，武藏微微一笑，似乎抑制不住自我解嘲，又道，"对了……权之助，你有没有砚台？若没有砚台，就把矢立借我一用。"

二

武藏写下一封信，说道："权之助，可否辛苦一趟，替我做一趟信使？"

"送往牛込的北条大人府吗？"

"对，事情的详细经过和我的心情，我全都写在信中了。还有，请代我向泽庵大师和安房大人致意。"武藏叮嘱着，"对了对了，还有一件我替伊织保存的东西，你顺便也还给他。"说着，他将东西取出来，与书信一并交给权之助，原来是上次伊织交与武藏保管的旧皮钱袋。

"师父，"权之助疑惑地膝行几步，"到底是什么原因，您竟如此郑重，甚至连伊织寄存的东西也突然归还？"

"武藏我想离开所有人，再次进山待一阵子。"

"我和伊织是您的弟子。师父进山我们就进山，师父进城我们就进城，无论您走到哪里，我和伊织都愿意陪伴在身边。"

"我不会待很久，也就两三年时间。在此期间，伊织就先交由你照顾了。"

"哎？就是说，您绝没有隐遁的意思？"

"怎么会呢。"武藏笑着，松开盘膝，手撑在后面，"我现在还乳臭未干呢，怎么可能现在就——刚才我也说过，我也有大志，而且今后也还会有各种欲望与迷惘。记得有人如此唱过：常住人乡里，愈想探深山。"

权之助低头倾听武藏的吟唱，然后径直把要送往安房家的两样东西塞进怀里，说道："就要入夜了，我得赶紧动身了。"

"唔。将我拜借的马匹还到马厩。至于衣服，你就说武藏我弄脏了，就收下了。"

"是。"

"本来今天应该从辰口立即返回安房大人府中，可这次的事情既然无果而终，那就说明将军家对武藏我还有猜忌。倘若与直接侍奉将军家的安房大人交往过密，恐怕对他也不利，所以我才特意直接返回草庵。此事我并未记在信中，就劳烦你口头帮我转达一下。"

"我知道了。总之，我会在今夜赶回来。"

红彤彤的夕阳正在下沉。权之助抓住马辔，急匆匆而去。由于是别家借给师父用的马匹，既然要返还回去，自己当然就无法骑了。而且也没有别人看见，空着就空着吧，他便牵着马离去。抵达赤城下时，已是夜里的丑时左右。

怎么还未回来？北条家正在担心，所以权之助立刻就被请入里面，书信也被呈到了泽庵手中，当即被启封。

三

其实，就在权之助至此之前，席上的人们便已经从某些途径获知了武藏就任取消的消息。这里所谓的某些途径，其实也是幕阁中的一员，据此人讲，武藏的任用突然被取消，原因就在于有大量不利于武藏来历品行的投诉材料从阁老和奉行所方面被提交到将军家。

武藏被弃用的最大理由便是树敌太多，坊间甚至有传言说过错全在他，由于据说长年找他报仇的竟是一个年逾六十的老婆婆，因此同情自然全都倾向了老人。就在决定任命武藏的节骨眼上，对武藏不利的东西却一股脑全涌现出来。

为什么会产生这种误解？正在大家纳闷之际，北条新藏这才披露说：若是这事，那老太婆甚至都把这阴招使到本家的大门口了。于是，他便把自己在家时，那位本位田家的老太婆咒骂完武藏后离去的事情告诉了父亲和泽庵。真相由此大白。可令人不解的是，一个老太婆的一面之词，世人竟全然相信。而且若只是些市井之人倒也罢了，可连那些深具分辨力的人，而且还是为政者，居然也会采信，这不禁让聚在安房府的人哑然半晌。

正巧武藏的信使权之助也带来了书信。一定是一封不平之信吧，可拆开一看，竟是如下内容：

委细皆由权之助一并告之。或歌曰：常住人乡里，愈想探深山。近来在下突感兴趣，加之过往毛病又犯，欲踏上云游之旅。下面一首，乃在下再次起程之际即兴拙作，见笑见笑：若把乾坤作庭院，吾则正踏家门槛。

另外，权之助又转告说："本应从辰口返回贵府，说明详细经过，可既已被阁僚猜忌，再轻易进出贵府恐有不妥，于是故意未归而径直回了草庵。这也是师父武藏让在下转达的口信。"

北条新藏和安房守一听，愈发惋惜，顿时说道："他太客气了，可这样我等也于心不安。泽庵大师，此时此刻，恐怕请他也不会来了，不如由我等并辔前往武藏野去拜访他吧。"说着便站起身来。

"啊，请稍等一下，在下也随你们回去。不过师父还吩咐将一件东西还给伊织，所以请烦劳把伊织叫来。"权之助从怀里掏出武藏递给他的那个古旧的皮革钱袋，放在那里。

四

伊织立刻便被唤来。"什么事？"他眼尖，话音未落便已经发现了自己的皮钱袋。

"师父把这个还你了。师父说了，既然是你父亲的遗物，就要好生保管。"权之助将其交给伊织，并把武藏欲再度踏上修行之旅，暂时离开一段时间，因此从今以后伊织要跟自己共同生活等事告诉了他。

"是。"伊织有些异议，可是由于泽庵在场，安房守也在，于是极不情愿地点点头。

泽庵一听说这皮钱袋是伊织父亲的遗物，便仔细询问起伊织的身世，这才知道他的祖先是最上家的旧臣，代代名唤三泽伊织。也不知道是在几代之前，主家没落，于是一族人便在战乱中离散，之后便漂泊诸国。到了父亲三右卫门一代时，终于在下总的法典原上拥有了一块土地，成为农夫定居下来。

"只是还有一点不大清楚，父亲虽然一直说我还有一个姐姐，却从未告诉我详细情况，母亲也死得早，所以姐姐现在身处何地，是死是活，也都不知道。"

泽庵一面听伊织直率的回复，一面将这颇有来历的皮钱袋放在膝上，仔细地查看里面早已腐蚀的纸条和护身符袋。看着看着，他忽然睁大惊愕的眼睛，不停地打量着一张纸条上的文字和伊织的脸，许久才说道："伊织，你的姐姐，就记在你父亲三右卫门所写的这纸条上。"

"就是写着我也看不懂啊，连德愿寺的住持都看不懂呢。"

"可是我懂啊，泽庵我懂啊……"于是，泽庵便将那张纸条在众人眼前展开，读了起来。文字长达数十行，泽庵略掉了前面的部分，读道："虽饥寒交迫，却无事二君之心，夫妇长年辗转，颠沛流离之际，一年弃一女于中国之一寺，添祖传之天音一管于襁褓，祈慈悲之佛保佑吾女，复漂泊他国。后，于下总原获一茅屋并田地，虽经年思念，然山河远隔，又消息断绝，今虽心忧女之幸福如何，却只能一任岁月流逝。可叹哉，人之父母。镰仓右大臣亦歌曰：天下野兽虽不言，亦有怜悯心，自知疼幼子。然，倘事二君，争名负我，玷污武门，祖先亦恐心寒。吾子亦为为父之子，不可因贪食斗米而污名声。"

"你能见到你的姐姐呢。若是这个姐姐，我从年轻时就很熟。武藏也很了解。伊织，快，你也去。"说着，泽庵起身离席。

可是当夜，急匆匆赶往武藏野草庵的这些人最终还是没能见上武藏，只看见一朵白云飘浮在黎明的原野尽头。